王侯將相

왕후장상

전혁 新무협 판타지 소설

FANTASTIC ORIENTAL HEROES

왕후장상 6

전혁 新무협 판타지 소설

초판 1쇄 찍은 날 § 2015년 2월 9일
초판 1쇄 펴낸 날 § 2015년 2월 16일

지은이 § 전혁
펴낸이 § 서경석

편집부장 § 권태완
편집책임 § 박가연
디자인 § 신현아

펴낸곳 § 도서출판 청어람
등록번호 § 제387-1999-000006호
등록일자 § 1999. 5. 31
어람번호 § 제2-2569호

주소 § 경기도 부천시 원미구 부일로 483번길 40 서경B/D 3F (우) 420-822
전화 § 032-656-4452 팩스 § 032-656-4453
http://www.chungeoram.com
E-mail § chungeorambook@daum.net

ISBN 979-11-04-90111-9 04810
ISBN 979-11-316-9213-4 (세트)

전혁 新무협 판타지 소설

FANTASTIC ORIENTAL HEROES

6

왕후장상

도서출판 청어람

目次

第一章

천하를건도박

一

　신궁천품의 가장 무서운 점 중 하나는 원거리 용 공격이라
는 것이었다.

　특히, 암습과 저격에 특화된 천무은형잠종대법과 궁합이
맞았다. 두 개의 무공을 결합하면 그 위력이 몇 배로 강해질
수 있을 것 같았다.

　기무결은 즉시 분심쌍격으로 몸을 두 개로 나누었다. 그리
고 한쪽으로는 신궁천품을, 그리고 다른 한쪽으로는 천무은
형잠종대법을 펼쳤다.

　기무결이 가볍게 시위를 튕겼다고 생각한 순간 정확히 열

여덟 개의 화살이 날아갔다. 신궁천품을 익힌 지 얼마 되지 않았지만, 기무결은 벌써 서른 개의 화살을 동시에 펼칠 수 있었다. 하물며 열여덟 개의 화살은 그리 힘든 것이 아니었다. 매천강이 알면 기절초풍할 일이었다.

열여덟 개의 화살에 눈이라도 달린 것일까?

하나같이 그 궤적이 제각각이었다. 어떤 것은 직선으로 곧장 날아갔지만, 어떤 것들은 중간에 방향을 바꾸었고, 심지어 어떤 것은 담장이나 나무를 넘기 위해 하늘 높이 솟구쳐 올라갔다. 신궁천품의 이기어시에 천무은형잠종대법의 천살마기가 더해진 것이다.

그 정확도는 가히 가공할 정도였다.

열여덟 개의 화살은 단 하나도 어긋남 없이 열여덟 명을 향해 날아갔다.

그 속도 또한 빨라도 너무 빨랐다. 인간의 눈으로 알아보기 어려울 만큼 너무도 빠른 속도에 미리 알고 막는 건 불가능한 일이었다.

"컥!"

"크윽!"

여기저기서 둔탁한 신음이 흘러나왔다.

그건 거의 동시다발적으로 벌어진 일이었다. 감찰총국 요원들은 마치 약속이나 한듯 동시에 피를 뿌리고 바닥에 쓰러졌다.

별채에는 무거운 정적이 흘렀다.

열여덟 명의 감찰총국 요원이 죽은 건 그야말로 눈 깜짝할 사이였다. 별실에 들어온 감찰총국의 요원은 모두 열여덟 명이나 되었지만, 누구도 소리를 질러 경고해 준 사람이 없었다.

왕혜령은 보고도 믿을 수 없었다.

"마, 말도 안 돼!"

이게 정녕 사람의 솜씨란 말인가?

그녀는 강기로 화살을 만들어내는 것도 놀라웠지만, 화살들이 중간에 방향을 틀고 적들을 요격한다는 말은 고금 이래 처음 듣는 소리였다.

"세, 세상에……."

영평공주는 벌린 입을 다물지 못했다.

크게 치떠진 그녀의 두 눈은 놀라움으로 세차게 흔들리고 있었다.

황궁 내에도 무수히 많은 고수가 있지만, 단 일 초에 감찰총국 요원을 열여덟 명이나 죽일 수 있는 자가 있다는 말은 들어본 적이 없었다.

'무, 무림의 고수였구나!'

그녀는 그제야 기무결이 무서운 고수라는 것을 깨달았다.

기무결은 전혀 고수 같아 보이지 않았고, 평범한 서생처럼 생겨서 더 놀랄 수밖에 없었다.

그녀는 문득 왕혜령이 왜 막무가내로 기무결에게 매달리는지에 생각이 미쳤다. 처음에는 그녀가 무슨 약점이 잡힌 것이 아닐까 생각했었는데, 어쩌면 기무결이 당세에 보기 드문 고수이기 때문일지도 모른다는 생각이 들었다. 그렇다면 수백 장 밖에 있는 사람들의 대화를 들었다는 터무니없는 말도 사실일지 몰랐다.

'그런 게 정말 가능할까?'

그녀는 어떻게 해야 좋을지 몰라 망설였다.

당금 황실에는 그녀의 편이 되어줄 사람이 거의 없는 데 반해 적들의 힘은 너무 강했다.

더구나 지금 그녀는 벼랑 끝에 선 상황이었다. 그녀 혼자서는 도저히 감찰총국의 손에서 살아남을 가능성이 없었다. 마음 같아서는 기무결에게 도와달라고 부탁하고 싶었지만, 도무지 생면부지의 사람에게 입이 떨어지지 않았다.

二

그때, 왕혜령이 겨우 정신을 차리고 기무결에게 물었다.

"고, 공자님. 궁술도 알고 계셨나요? 저희를 도와주셨을 때

에는 가볍게 손가락만 몇 번 튕기셔서 지법이나 장법을 익히
신 줄 알았어요."

"후후! 그때는 굳이 궁술까지 펼칠 만한 상황이 아니었으
니까요."

"끙! 그렇군요. 아마 마황성의 마황칠패를 어린아이 다루
듯 할 수 있는 분은 천하에 공자님밖에 없을 거예요."

왕혜령이 질렸다는 표정으로 고개를 절레절레 흔들었다.

아무리 생각해도 정말 대단하다는 생각밖에 들지 않았다.

한 사람이 하나의 무공에 정통한 것도 힘든 일이거늘 기무
결은 거의 모든 무공에 통달한 듯 펼치고 있었다.

기무결이 천천히 정원 밖으로 나가자 왕혜령과 영평공주
가 조용히 그의 뒤를 따랐다.

비록 별채에 들어온 감찰총국의 요원은 모두 제거했지만,
그렇다고 마을을 빠져나가는 건 쉽지 않은 일이었다. 여전히
마을 주변에는 감찰총국의 요원들이 쫙 깔려 있었고, 그 중심
에서는 사도옥이 진두지휘하고 있었다.

"공주님께서는 어찌하시겠습니까?"

"예에?"

"소생은 이제 남쪽으로 내려가야 하는데, 주변에 누구 도
와줄 사람이 있습니까? 아니면 관아나 왕부로 데려다드릴까
요?"

"그, 그건 안 돼요."

관부는 오래전부터 황실의 편이 아니었다.

그렇다고 왕부가 안전한 것도 아니었다.

주원장에게는 몇 명의 아들이 있었고, 그들은 천하 각지에 흩어져 살고 있었다. 그곳을 왕부라고 했다. 영락제에게는 이복동생들이거나 친척뻘 되는 사이였고, 당금 황제에게는 숙부나 백부, 그리고 먼 친척들이었다.

그들 왕부는 그 일대를 다스리며 백관들을 엄밀하게 관리 감독했고, 법규를 위반한 관리들을 엄히 다스렸다.

왕부는 어찌 보면 황실과 가장 가까운 곳이라 할 수 있었다.

하지만 그들 중 한 명이 반역의 수괴라는 소문이 들려오고 있었다. 자칫 왕부에 도움을 청하려다 오히려 제 발로 호랑이 굴속에 들어가는 꼴이 될 수도 있는 것이다.

"그렇다면 일단 이곳을 빠져나가지요."

기무결이 왕혜령과 영평공주에게 단단히 주의를 주었다.

"두 분은 두 손으로 입을 막으세요."

"가, 갑자기 입은 왜?"

"놀랐다고 몸을 흔들거나 비명을 지르면 안 됩니다."

그녀들이 무슨 소리인지 몰랐지만, 일단 두 손으로 입을 막았다.

순간 기무결이 팔을 뻗어 그녀들의 허리를 감았다. 그녀들이 흠칫 놀라 기무결을 쳐다보는 순간이었다.

기무결이 바닥을 박차고 하늘 높이 솟구려 올랐다.

순식간에 그들의 몸이 수백 장을 날아갔다.

바람이 휙휙 지나가고 발밑이 까마득하게 보였다.

영평공주는 물론이고 무공을 익힌 왕혜령까지 비명을 지를 뻔했다. 그나마 다행인 것은 미리 두 손으로 입을 막고 있어서 비명 소리가 밖으로 흘러나오지 않았다는 것이었다.

三

그로부터 이각이 지난 뒤.

사도옥이 별실에 들어섰다 곳곳에 죽어 있는 수하들의 시신을 보고 눈살을 찌푸렸다.

"부국주님, 이곳을 보십시오. 시신의 몸에 모두 구멍이 뚫려 있습니다."

"흐음, 궁술에 당한 흔적이군."

"하지만 어디에도 화살의 모습이 보이지 않습니다."

"그렇단 말이지?"

가능성은 하나.

강기로 만든 화살이라면 지금까지 증거가 남아 있을 리 없었다.

사도옥은 언뜻 떠올려도 활을 무기로 사용하는 자가 몇몇 생각났지만, 강기로 화살을 만들 정도의 고수는 아니었다.

'더구나 열여덟 명이 한 번에 당했군.'

누구인지 몰라도 대단한 솜씨였다.

이 정도 능력이면 자신이라 해도 선뜻 막아내긴 쉽지 않았다.

사도옥은 시신들의 상태만 봐서는 도무지 누구의 소행인지 감조차 잡을 수 없었다.

하지만 황궁의 고수가 아닌 것만은 틀림없었다.

'골치 아프게 되었군. 내력 불명의 고수가 영평공주를 도와주고 있다는 건가?'

마을 어디에도 영평공주의 흔적은 보이지 않았다. 아무래도 마을을 빠져나간 것 같았다.

귀신이 곡할 노릇이었다. 백 명도 넘는 감찰총국 요원이 물샐 틈 없이 마을을 지키고 있었는데 어떻게 빠져나갈 수가 있는지 의문이었다.

"젠장!"

누군가 영평공주를 도와주지만 않았어도 이미 그녀는 죽은 목숨이었다.

하지만 지금은 상황이 바뀌어서 영평공주의 종적을 놓치

고 말았으니 오히려 다급하게 된 쪽은 사도옥이었다. 이대로 있다가는 영평공주의 손에 책자가 들어갈 것이 뻔하기 때문이었다. 무슨 일이 있어도 그것만은 막아야만 했다.

그는 다급한 표정으로 수하를 돌아보며 말했다.

"한수관의 최근 행적에 대해 알아낸 것이 있느냐?"

"용문각에 오기 직전 복양에 들렀다고 합니다."

"복양? 그곳에 무슨 연고라도 있었나?"

"그런 것은 아니고 조선에 갔다가 돌아오는 길에 자연스럽게 복양을 지나온 것 같습니다."

"흐음."

사도옥이 손으로 턱을 궤고 눈을 가늘게 모은 채 생각에 잠겼다.

원래 깊이 사색에 잠길 때마다 나오는 독특한 버릇이었다.

번쩍!

사도옥의 눈빛이 갑자기 반짝거렸다.

어쩌면 영평공주가 어디로 갔는지 단서를 찾은 것 같았다.

한수관은 분명 영평공주를 만날 때 책자를 가져오지 않았었다. 디구나 조선에서 돌아와 가장 먼저 들른 곳이 복양이라면 혹시 그곳 어딘가에 족보 책자를 숨겨두었을지도 몰랐다.

"아니, 그곳이 확실하다."

그의 머리는 빠르게 회전했다.

가장 먼저 무엇을 해야 할지도 감이 잡혔다.

"복양 근처에 가장 빠르게 동원 가능한 무림세가가 어떤 곳이 있느냐?"

"하북지역에는 진주언가와 하북팽가가 있습니다. 그리고 산동성에는 제갈세가와 황보세가, 강소성에는 단천폭뢰장과 철권무적대가, 안휘성에는 남궁세가와 혈뢰곡이 있습니다."

"그곳 모두에 공문을 보내 협조를 요청하라."

"그, 그곳 모두에게 말입니까? 하지만 황실과 무림은 서로 불문율이……."

"이런 판국에 황실과 무림의 불문율 따위는 개에게나 줘버려라. 황실과 감찰총국 모두에게 원한을 사고 싶은 자들은 거절해도 좋다. 하지만 이번에 도와만 준다면 황실과 감찰총국이 반드시 은혜에 보답한다고 해라."

이는 협박이나 다를 바 없었다.

하지만 무림의 문파들에게 이런 협박이 통할지는 미지수였다.

남궁세가와 황보세가, 그리고 하북팽가는 천하칠대세가 중 하나였고, 단천폭뢰장과 철권무적대 역시 천하육대문파 중 하나였다.

사람들은 이들을 일컬어 육문칠가라고 불렀다.

더구나 제갈세가는 또 어떤가?

당금 무림맹의 주인이 제갈세가였다.

제갈세가는 천하제일세가로 불리며 천하무림의 칭송을 한 몸에 받고 있었다.

남궁세가는 최근 신창양가장의 사건으로 봉문을 한 상태였지만, 그들의 힘과 능력은 능히 제갈세가와 비견될 정도였다.

결국 열세 개의 육문칠가 중 무려 여섯 개의 문파와 세가가 끼어 있었다.

그에 비해 혈뢰곡은 사파의 문파였다. 이들은 수백 년간 이어온 사건 해결 단체였다. 그들은 돈만 주면 청부 살인부터 시작해서 돈을 떼어먹고 도망친 자들을 찾아주는 것까지 뭐든 돈이 되는 일은 닥치는 대로 했다.

그렇다고 천하에서 그들을 무시할 자들은 아무도 없었다. 겨우 이백 명 정도에 불과한 전력이 전부였지만, 그들의 힘과 능력은 육문칠가에 버금갈 정도였다. 때문에 육문칠가도 어지간하면 혈뢰곡과는 부딪치려 하지 않았다.

육정일사.

이념도 시로 달랐지만, 그들은 겨우 일곱 개의 문파가 아니었다.

그들이 나서만 준다면 능히 무림맹이나 마황성을 동원한 듯한 효과를 낼 수도 있었다.

'아니, 어쩌면 그 이상일지도 모른다.'

그들이 모두 나서만 준다면 영평공주를 은밀하게 돕는 자가 아무리 무서운 고수라 할지라도 버텨내기 어려울 것이었다.

하지만 자존심 강한 무림인들이 겨우 영평공주를 잡기 위한 일에 선뜻 나서줄 리 없었다.

"부국주님, 정말 그들에게 공문을 보냅니까?"

"흐흐, 남궁세가나 제갈세가는 걱정할 것 없다. 그들은 오래전부터 우리와 한배를 탄 사이니 말이다."

그랬다.

아직 구파일방을 끌어들이진 못했지만, 육문칠가는 오래전부터 그들 조직과 뜻을 함께하고 있었다.

특히, 십여 년 전 자신들의 제안을 거부했던 화진악을 제거하고 제갈무외를 새 맹주로 만들어준 것이 바로 그들 조직이었다.

당연히 제갈무외는 이번 일을 거부할 수 없을 것이었다.

하나 문제는 제갈무외의 자존심에 사도옥의 명령을 순순히 따르지 않을 것이란 점이었다. 사도옥은 코웃음 쳤다. 지금은 화급을 다투는 상황이었다. 제갈무외가 자존심만 내세워 명령을 따르지 않는다면 조직 내에서 가혹한 형벌이 뒤따를 것이었다.

"제갈무외에게는 내가 직접 서편을 띄우겠다. 조직의 이름을 내세우면 그자도 어쩔 수 없을 것이야."

사도옥의 입꼬리가 잔인하게 올라갔다.

그렇게 천하를 건 도박이 시작되려 하고 있었다.

四

제갈무외는 한 통의 전서구를 받고 눈살을 찌푸렸다.

"영평공주를 잡는 데 제갈세가를 움직여 달라고?"

진시구는 사도옥이 보낸 것이었다. 공손하게 협조를 요청해도 들어줄까 말까인데 이건 말투부터 오만방자한데다 완전 명령조였다.

하지만 더 황당한 건 봉문한 남궁세가를 설득해서 같이 복양으로 가달라는 것이었다.

"사도옥 이놈이 감히 본맹주를 어찌 알고."

마치 자신을 수하 다루듯 하는 사도옥에게 이가 갈릴 지경이었다.

영평공주의 문제는 감찰총국에서 처리할 사안이었다.

그걸 자신들에게 미루는 건 한마디로 감찰총국이 임무에 실패했다는 뜻이 아니고 무엇이겠는가?

그렇다면 넙죽 엎드려 빌어도 시원치 않을 판에 이게 무슨 개수작인지 몰랐다.

이렇게 육문칠가에서 대놓고 움직이면 천하무림의 이목이 쏠릴 것은 불을 보듯 뻔한 일.

자칫 황실의 귀에도 들어가면 혹시라도 문제가 생기면 제갈세가에서 모두 뒤집어쓸 가능성이 있었다.

남궁세가의 봉문을 푸는 것만 해도 그랬다.

아무리 제갈무외가 무림맹주라 해도 남궁세가의 일에 가타부타 참견할 수 없는데다 남궁세가가 봉문한 지 얼마 되지도 않았다. 만에 하나 일이 잘못 되면 천하무림의 질타를 오직 그가 받을 수도 있는 것이다.

하나 지금 상황은 생각보다 복잡해서 마냥 사도옥의 요청을 거절하기도 어려운 상황이었다.

이제 십 년 이상 준비해 온 거사가 거의 마무리 단계에 들어선 상태였다. 주원장과 영락제의 내력이 담긴 족보 책자만 손에 넣으면 지금이라도 당장 거사를 일으킬 수 있었다. 한데 여기서 영평공주가 먼저 책자를 손에 넣어 없애 버리면 일이 상당히 골치 아프게 변하는 것이다. 그리고 어쩌면 제갈무외는 회주의 문책을 피할 수 없을지도 몰랐다.

"활을 귀신같이 쓰는 자가 영평공주를 돕고 있다고?"

누구보다 견문이 해박한 제갈무외였지만, 당금 무림에서 그토록 활을 잘 쓰는 자는 단 한 명도 없었다.

그토록 신기에 가까운 궁술은 신궁천품 외에는 떠오르는 것이 없었다.

그래서였다.

사도옥 혼자 감당하기 어려워 도움을 요청한 것을 묵살했다가 나중에 조직 내에서 어떤 문책이 떨어질지 몰랐다.

"회주의 문책이라……."

이미 화진악이 어떻게 죽어갔는지 두 눈으로 똑똑히 지켜보지 않았던가?

회주는 정말 무서운 자였다.

천하에 적수를 찾기 어려운 제갈무외조차 회주만 떠올리면 고양이 앞에 쥐처럼 손발이 떨리고 얼굴이 하얗게 변했다.

더구나 그의 곁에는 범죄 자문 책사라는 무서운 모사꾼이 있어서 그 어떤 잔꾀가 통하지 않았다.

제갈세가는 예전부터 머리가 비상한 가문으로 유명했다. 또한 당대에는 삼뇌우사라는 불세출의 모사꾼이 있었지만, 그런 그조차 범죄 자문 책사라는 자를 은근히 두려워하고 있었다. 그도 그럴 것이 범죄 자문 책사는 온갖 범죄에 정통해서 일반적인 책사가 아니었다.

제갈무외는 마음에 내키지 않았지만, 지금은 오직 거사만 생각할 때였다.

결국 두 개의 전서구를 허공에 날렸다. 하나는 제갈세가로 향하는 것이었고, 다른 하나는 봉문한 남궁세가로 향했다.

五

어둠을 뚫고 세 개의 인영이 나타났다.

일남이녀.

남자는 준수했고, 여인들은 선녀가 하강한 듯 절세적인 미모를 지니고 있었다. 밤새도록 산을 넘고 계곡을 지나서인지 여인 중 한 명은 무척 피곤한 기색이 역력했다. 하긴, 그녀는 여태까지 이렇게 많이 걸은 적이 없었다. 평생 걸었던 것보다 최근 며칠 동안 걸은 것이 더 많을 것 같았다.

하지만 그녀는 감히 감시 쉬었다 가면 안 되냐고 말을 할 수 없었다. 남자에게 무릎 꿇고 부탁하고 그것으로도 마음이 쉽게 바뀌지 않자 눈물로 매달려서 겨우 그의 마음을 돌릴 수 있었기 때문이었다.

그랬다.

여인은 바로 영평공주였다.

그리고 남자는 기무결이었고, 다른 여인은 왕혜령이었다.

그들은 지금 복양으로 가는 중이었다.

감찰총국의 눈을 피하기 위해 낮에는 쉬고 밤에만 움직였다.

기무결에게는 예정에도 없는 일이었지만, 지금 생각해도 어쩔 수 없었다. 영평공주는 자신의 신분을 내려놓고 죽자사자 매달렸다. 이건 거절을 하고 매몰차게 굴어도 소용이 없었다. 그녀는 사람이 민망해질 정도로 눈물을 흘리며 기무결의 바짓가랑이를 붙잡고 간청을 했다.

일국의 공주가 하기에는 결코 쉬운 일이 아니었다.

하나 황실을 살리고 반역을 막을 수만 있다면 그녀의 자존심이나 체면 따위는 아무것도 아니었다.

아마 상대가 기무결이 아니고 다른 사람이었다면 미인계라도 썼을 터였다. 천하에 그녀의 미모를 외면할 사람이 어디 있겠는가? 더구나 절세미인이 눈물을 흘리며 애절하게 부탁해 오면 열이면 열 마음이 넘어가게 마련이다.

하지만 그녀는 이미 미인계로는 기무결의 마음을 돌리기 어렵다는 것을 알고 있었다. 왕혜령이 육탄 공격을 하며 유혹 아닌 유혹을 했음에도 기무결이 전혀 흔들리지 않은 것을 두 눈으로 똑똑히 지켜보았던 것이다.

기무결은 제왕심결이 아쉽긴 해도 황실의 일에 끼어들고 싶지 않았다. 더구나 당금 황제는 아무 권력도 없는 허수아비 같은 인물이었다. 이건 누가 봐도 도와주면 안 되는 상황이었다.

하지만 영평공주의 눈물 어린 간청에 기무결은 한숨을 내

쉬웠다. 거절하는 과정에서 살짝 그녀를 무시하고 망신도 주었지만, 영평공주는 떨어져 나가는 것이 아니라 더욱 애절하게 부탁해 왔던 것이다.

'이 정도 지성과 감천이면 설령 신이라도 마음을 바꾸겠다.'

사실 영평공주가 부탁한 일은 그리 어려운 것은 아니었다. 그저 복양이란 곳에 무사히 데려다주기만 하면 끝나는 일이었다.

'복양이라면 그리 멀지는 않은 곳이군.'

그의 발걸음으로는 이틀 정도면 충분히 갈 수 있는 곳이었다.

하나 감찰총국의 추격도 신경 써야 했고, 영평공주가 무공을 익히지 않은 몸이라는 것도 감안하다 보니 몇 배는 늦어졌다.

"감찰총국은 공주님이 복양에 가는 것을 알고 있습니까?"

"아마 모를 거예요."

"그렇다면 혹시 알고 있을지도 모르겠군요."

"그럴 리 없어요. 한 장군은 강인한 성품의 대장부세요. 부러질지언정 절대 무릎을 꿇는 분이 아니에요."

"공주님은 사도옥을 너무 쉽게 생각하시는군요."

이건 한수관의 성품과는 무관했다. 사도옥이라면 어떤 방법을 통해서든 영평공주의 목적지를 알아내고도 남을 위인이었다.

"그나저나 복양에는 무슨 일로 가는지 알 수 있겠습니까?"

"미, 미안해요. 황실의 안위와 관련된 일이라 자세히 말씀을 드릴 수 없는 점 용서해 주세요. 다만, 한 장군이 어떤 물건을 복양에 감춰두었고, 저는 그 물건을 반드시 제거해야 해요."

"흐음. 그렇다면 감찰총국에서는 그 물건을 빼앗아 만천하에 폭로하려는 것이군요."

"그, 그래요."

영평공주는 깜짝 놀란 표정으로 엉겁결에 고개를 끄덕였다.

이 남자 생각보다 똑똑했다. 여기서 몇 마디 더 하면 그것이 족보 책자이며 자신의 출신이 고려라는 것까지 맞출 것 같아 무서운 마음이 들 정도였다.

"흐음."

기무결이 눈살을 찌푸렸다.

이거 왠지 생각보다 사태가 심각했다.

그렇다고 지금 와서 발을 빼기도 난감했다.

그는 왕혜령을 생각해서 천왕세가로 돌아가라고 했다. 혹시 일이 잘못되면 천왕세가의 안위에 심각한 문제가 생길 게 틀림없었다.

하지만 왕혜령은 단호한 표정으로 고개를 흔들었다. 그녀는 전혀 돌아갈 생각이 없었다. 아니, 엄밀하게 말하면 기무결과 영평공주만 남겨두고 돌아가기에는 마음이 불안해서 견딜 수 없다는 표현이 더 정확할 것이었다.

남녀의 사이는 아무도 모르는 법이다. 더구나 영평공주는 그녀가 보아도 질투가 날 정도로 아름다운데다 대명제국의 공주라는 고귀한 신분까지 더해져 그녀가 감히 경쟁할 엄두가 나지 않았다.

왕혜령은 혼자서 적들을 상대하기보다는 자신이 옆에서 영평공주를 지켜주면 더 좋지 않겠냐고 기무결을 설득했고, 기무결도 듣고 보니 그게 더 그럴듯해서 마침내 고개를 끄덕였다.

결국 그렇게 시작된 여정은 오늘로 정확히 삼 일째를 지나고 있었다.

'앞으로 이틀이면 복양에 도착한다. 만약 사도옥이 이번 여정을 알고 있다면 충분히 대비하고 기다리고 있겠지.'

六

영평공주는 생전 처음 걷는 밤 행군에 두 발에 물집이 잡혀 이만저만 괴로운 것이 아니었다. 절뚝거리며 걷는 것은 물론이고 여기저기 나뭇가지에 찢어지고 상처가 나서 피가 나기도 했다.

하나 그녀는 마음을 모질게 먹었다. 황실의 일을 해결하러 가는 중인데 그녀가 일행의 짐만 될 수는 없는 노릇이었다.

그래도 아쉬운 마음은 들었다. 어지간한 남자들은 이런 상황에서 그녀가 안쓰러워서라도 도와주려 할 텐데 기무결은 전혀 그런 것이 없었다.

"아악!"

영평공주가 돌부리에 걸려 바닥에 넘어졌다. 주위가 어두워 미처 돌부리를 보지 못한 탓이었다. 무릎이 깨지고 피가 흘러내렸다. 이미 심신이 지칠 대로 지친 상태에서 무릎까지 다치자 도저히 몸을 움직일 수가 없었다. 그럼에도 그녀는 겨우 몸을 일으켰지만, 이내 비명을 지르고 바닥에 주저앉고 말았다.

"괜찮습니까?"

"미, 미안해요. 저는 아직 걸을 수 있으니 걱정하지 마세요."

"쯧쯧, 무릎도 무릎이지만, 발바닥이 온통 피로 물들었습니다."

그런 상태로 계속 걸어온 것이 신기할 정도였다.

기무결은 진작부터 영평공주의 상태를 알고 있었지만, 애써 외면해 왔었다. 그는 무조건 영평공주를 복양까지만 데려다줄 생각이었다. 잘 대해주면 나중에는 더 큰 부탁을 해올 것이 뻔했고, 그렇게 되면 빼도 박도 못하고 황실의 일에 끼어들 수밖에 없을 터였다. 이럴 때는 무조건 무심하게 대하는 것이 최선의 방법이었다.

하지만 영평공주가 더 이상 걷는 것이 어려워진 이상 그도 끝까지 모른 척할 수 없었다.

"험험, 공주께서는 어떤 것이 편하겠습니까?"

"예? 그, 그게 무슨……."

"소생이 안아서 가는 게 편하겠습니까, 아니면 등 뒤로 업고서 가는 게 좋겠습니까? 아! 물론 짐짝처럼 옆구리에 끼고 가는 것도 있긴 한데 어쨌든 공주님께서 편한 쪽으로 선택하십시오."

"킥!"

영평공주가 갑자기 웃음을 터뜨렸다.

짐짝 운운할 때의 기무결의 표정이 재밌었던 것이다.

하지만 영평공주는 이내 살며시 얼굴을 붉혔다. 기무결의 품에 안기면 계속 얼굴을 보고 가야 하니 어색할 것이고, 등 뒤에 업히면 기무결의 손이 그녀의 엉덩이를 만져야 할 것이었다. 그럼 이 또한 어색할 것이었다.

그때 왕혜령이 황급히 끼어들었다.

"공주님은 제가 업고 갈게요. 굳이 공자님께서 수고하실 필요 없어요."

역시 기를 쓰고 따라온 보람이 있었다.

아직 자신도 기무결의 손을 제대로 한 번 잡아본 적이 없거늘 하물며 영평공주가 기무결의 품에 먼저 안기는 꼴은 죽어도 볼 수 없었다.

七

또다시 하루가 지났다.

배를 타고 강을 건너자 포구 주변에 몇 명의 사람이 모여 모닥불 위에 고기를 굽고 술을 마시고 있었다.

"응?"

기무결은 문득 그들을 보고 걸음을 멈춰 섰다.

모두 일곱 명이었다.

한데 그들 일곱 명이 모두 낯이 익었다.

"마황칠패!"

그들 중 다섯 명은 마황성에서 보았었고, 다른 두 명은 천왕세가에서 직접 손속을 교환하기도 했으니 다른 사람으로 착각했을 리 없었다.

"노선배님들을 여기서 뵙는군요."

기무결이 인사와 함께 그들에게 가까이 다가갔다.

노릇노릇 구워지고 있는 고기의 향이 코끝을 진동하니 뱃속에서 꼬르륵 소리가 들렸다.

생각해 보니 요 며칠 낮에는 숨어 있고, 밤에만 움직이다 보니 음식다운 음식을 먹은 기억이 별로 없었다. 그건 왕혜령과 영평공주 역시 마찬가지였지만, 그녀들은 마황칠패를 경계하고 있어서 선뜻 가까이 다가가지 못했다.

"아니, 자네가 여긴 어쩐 일인가?"

그들도 기무결을 알아보고 잠시 놀란 표정을 지었다.

"소생은 일이 있어서 잠시 어딜 가는 중입니다."

여기서 그들을 만난 것이 과연 우연일까?

기무결은 문득 의심이 들었지만, 그렇다고 내색하지는 않았다.

그때, 그들이 이상야릇한 눈빛으로 왕혜령과 영평공주를 쳐다보며 말했다.

"헛헛! 좋을 때군."

"껄껄! 역시 영웅에겐 미녀가 따르는 법인가?"

왕혜령과 영평공주가 얼굴을 붉혔고, 기무결은 절대 그런 사이가 아니라고 변명을 하려다 그게 더 이상해 보여서 결국 그만두었다.

"배가 고파 보이는데 여기 와서 같이 먹게나."

"우리도 지금 막 시작하던 참일세. 자네 술 좋아하나?"

그들의 말에는 별다른 악의가 느껴지지 않았다.

물론 그게 아니더라도 기무결이 그들을 꺼릴 이유가 없었다. 기무결이 술잔을 받아 들고 벌컥 술을 마셨다. 그리고 고기도 배부르게 먹었다.

마황칠패는 그런 기무결의 행동이 마음에 드는지 껄껄 웃었다.

"껄껄! 어린 친구가 정말 호탕하군. 혹시 독이 들었을지 몰라 술잔을 안 받을 줄 알았네."

"후후! 천하의 마황칠패가 그런 얕은 수작을 부리겠습니까?"

"역시! 이렇게 마음이 통하는 사람은 일찍이 대형 외에는 본 적이 없네. 자네가 빌어먹을 무림맹 출신이라는 것이 애석할 따름이야."

第二章
흑백의 조화

그들은 화통하게 술과 음식을 먹었다.

덕분에 왕혜령과 영평공주 역시 경계를 풀고 고기를 먹었다.

"아쉽군, 아쉬워. 그따위 정파 나부랭이가 뭐가 좋다구."

마황칠패는 진정으로 아쉬워했다.

예로부터 정파와 마도는 세불양립.

한 집에 주인이 둘일 수 없듯 무림맹과 마황성은 공존할 수 없는 입장이었다.

"자네 이참에 화끈하게 노선을 바꾸는 게 어떤가?"

"노 선배님들께서 농담도 잘하시는군요."

"우리가 볼 때 자네는 정파보다는 마도에 더 어울리네."

"자네가 마음만 먹는다면 대형이 자네에게 마황성을 내줄 수도 있다네."

"서, 설마요."

기무결이 뜨악했다.

마황칠패의 표정을 보니 결코 농담 같지 않아 보였다.

하긴, 석헌중이 그렇게 되었으니 차기 성주가 공석이 된 것이나 마찬가지였다.

더구나 석대공이 자신을 싫어하지 않고 오히려 좋게 보고 있다니 이게 무슨 조화인지 몰랐다. 아무리 그래도 자신을 차기 마황성주로 생각하고 있을 줄은 꿈에도 생각하지 못했다.

이건 무슨 마가 낀 건지 마도의 인물들하고 엮이면 서로 끌어가지 못해 안달이었다.

아마 철산호가 들으면 기절초풍할 소리였다.

'가급적 마황성 근처에도 가지 말아야겠다.'

어디 마황성뿐인가?

철산호 역시 두 번 다시 만나서는 안 되는 인물이었다.

"그나저나 여긴 어떻게 오신 겁니까?"

"험험! 급히 처리할 일이 있어서 나왔네."

그들은 자세한 이야기를 하는 걸 꺼려했다.

기무결은 왠지 의아한 생각이 들었지만, 더 이상 묻지는 않았다.

이건 왠지 자신을 경계하는 듯한 표정들이 아닌가?

마황칠패가 동시에 무림에 나올 정도면 화급을 다투는 일일 것이다. 그렇다고 자신을 경계할 필요가 있나 싶었다.

"혹시 소생이 도울 일이 있으면 언제든 말씀만 하십시오."

"후후! 역시 자네는 화통하다니까. 하지만 이번엔 마음만 받겠네."

그들이 기무결을 경계하고 있는 것은 맞았다.

그럴 수밖에 없었다. 마황성이 입수한 정보에 따르면 제갈세가와 남궁세가를 비롯한 여러 문파가 은밀하게 복양으로 움직이고 있었다. 이런 경우는 거의 본 적이 없었다. 대개 무림의 공적을 추적할 때 여러 문파가 손을 합쳐 해결하곤 하지만, 지금은 봉문했던 남궁세가가 봉문을 깨고 강호에 나온 것이다.

그 기세가 실로 대단했다.

단순히 제갈세가와 남궁세가 등의 제자들이 움직이는 것이 아니라 전대 고수들까지 오랜 은거를 깨고 무림에 나온 것이다.

그들의 면면이 하나같이 대단해서 마황칠패조차도 적잖이 긴장하고 있었다.

마황칠패가 급히 무림에 나온 것은 제갈세가 등의 의도를 알아내기 위해서였지만, 정면으로 그들과 마주칠 자신은 없었다. 그들은 과연 마황성에 병력 증원을 요청해야 하는지 아니면 일단 무슨 일인지 더 지켜봐야 하는지 고민하고 있던 중이었다.

　일단은 좀 더 지켜보는 쪽으로 가닥을 내렸지만, 제갈세가 등의 기세가 워낙 대단해서 가까이 접근해서 조사하는 건 어려울 것 같았다.

　그렇게 고민하고 있을 때 기무결과 마주친 것이었다.

　그들 입장에선 이곳에서 기무결을 만난 것도 그리 좋은 징조는 아니었다. 가재는 게 편이라고 어찌 되었든 기무결은 무림맹 소속 아니던가? 더구나 이곳과 복양과는 그리 거리가 멀지도 않았다. 막말로 엎어지면 코 닿을 거리인 것이다.

　'분명 제갈세가 등의 움직임과 관련이 있을 것이다.'

　그들의 생각은 반은 맞고 반은 틀렸다.

　제갈세가 등이 움직이는 건 기무결과 밀접한 관련이 있지만, 기무결이 그들을 도와주기 위해 복양에 가는 건 아니었다. 오히려 그 반대였다.

二

만검비와 육정수는 며칠 전에 기무결과 천왕세가에서 밤새도록 술을 마신 적이 있었다. 그때 술 시중을 들었던 사람이 바로 왕혜령이었다. 그들은 왕혜령이 기무결과 함께 있는 것을 보고 야릇한 표정을 지었다. 왕혜령은 괜히 얼굴이 붉어졌다.

"아까부터 왜 계속 그런 눈으로 저를 쳐다보는 건데요?"

"흐흐, 시치미를 떼도 소용없다. 그렇게 공을 들이더니 결국 성공했구나!"

"지, 지금 무슨 말을 하는 거예요?"

"우리가 너를 도와줄 수도 있다."

"예에?"

"월하노인이 되어 적극적으로 중매에 나서겠다는 소리다."

왕혜령은 얼굴을 붉혔지만, 결코 거절하지 않았다. 오히려 반가운 소리였다.

"이건 너를 위해서도 중요한 일이지만, 마도를 위해서라도 필요한 일이다. 반드시 저 녀석을 네 남자로 만들어야 한다."

"그, 그게 무슨……."

"들리는 소문에 따르면 저 아이는 화은설과 아주 각별한 사이라는구나."

"아!"

화은설이라면 그녀도 들은 적이 있었다. 지금은 가문이 몰락해서 내세울 만한 것이 거의 없지만, 그녀의 미모만큼은 천하를 진동하고 있었다. 그래서 더 대단한 일이었다. 왕혜령은 강북제일미녀로 명성을 떨치며 자신의 미모에 자부심을 가지고 있었지만, 상대가 화은설이라면 버거운 느낌마저 들었다.

만검비와 육정수가 걱정하는 것도 바로 그것이었다.

기무결의 능력은 이미 그들이 뼛속 깊이 경험한 바였고, 석대공 역시 감탄을 금치 못하고 있었다. 심지어 머지않아 기무결의 손에 정파와 마도의 흥망성쇠가 달리게 될 것이라고 생각할 정도였다. 즉, 기무결이 정파나 마도 중 어느 한 곳에 힘을 실어주는 그 순간 수천 년 동안 이어오던 정파와 마도의 힘의 균형이 급속도로 무너질 거라고 생각한 것이다.

그래서였다.

석대공과 철산호는 어떻게 해서든 기무결을 마도로 끌어오고 싶어 했다.

그를 데려오는 쪽이 결국 천하의 패권을 차지하게 될 것은 불을 보듯 자명한 일.

하지만 석대공과 철산호는 각자 계산이 달랐다.

석대공은 기무결에게 마황성을 맡기려 했고, 철산호는 철예군과 결혼을 시켜 풍운산장의 백년대계를 꿈꾸고 있었다.

문제는 화은설의 존재였다.

기무결이 마황성을 준다는 말에도 꿈쩍하지 않는 것을 보면 아무래도 화은설 때문에 그러는 것이 아닌가 싶었다. 이러다 만약 기무결과 화은설이 결혼이라도 하는 날엔 석대공이나 철산호는 닭 쫓던 개 지붕 쳐다보는 격이 되고 말 것이었다.

결국 그들이 생각한 것은 여자에는 여자로 대응하는 것이었다.

석대공은 아들만 있었고, 딸이 없었다.

마황칠패는 하나같이 가정을 이루지 못했다.

그리다 떠오른 사람이 바로 왕혜령이었던 것이다. 그녀의 미모라면 충분히 화은설에 대적할 만하다고 생각했다.

하나 그게 과연 성공할지는 앞으로 지켜볼 일이었다.

영평공주는 본의 아니게 그들의 대화를 엿듣고 말았다.

그들의 대화는 그리 길지는 않았지만, 꽤나 의미심장한 것들을 내포하고 있었다.

기무결이 정파의 고수라는 것도 처음 안 일이었고, 왕혜령이 마도의 여걸이란 사실도 지금 처음 알게 된 것이다.

도움을 받는 처지에 마도나 정파나 내력 같은 건 그리 중요한 것이 아니었다.

그나마 대충 짐작으로 기무결은 정파의 고수라 생각을 했

고, 왕혜령이 기무결을 쫓아다니고 있으니 그녀 또한 정파의
여걸로 생각했던 것이다.

그녀는 새삼스러운 눈으로 기무결을 쳐다보았다.

평생 황실에서만 지내온 그녀도 정파와 마도가 서로 세불
양립이란 사이라는 것쯤은 알고 있었다.

한데도 왕혜령은 기무결을 쫓아다니고 있었고, 마황성에
서는 그런 기무결을 자신들 쪽으로 데려오기 위해 기꺼이 월
하노인을 자처했다.

그 누가 지금 이 상황을 쉽게 믿으려 하겠는가?

하지만 이미 기무결의 능력을 몇 번이나 확인한 영평공주
는 충분히 그럴 수 있다고 생각했다.

더구나 정파와 마도가 생존 경쟁을 하고 있는 상황에서는
더더욱 기무결의 능력이 각별할 수밖에 없을 터였다.

'기 공자님에게는 따로 여인이 있구나!'

하긴 저 외모에 저 정도 능력에 여인이 없다면 그게 더 이
상한 일이었다.

이러면 기무결에게 관직을 내려 황실로 끌어들이는 건 어
려울 것 같았다. 사실 그녀도 기무결의 가공할 무공에 감탄한
나머지 그에게 대장군의 직위를 하사하고 황실로 데려갈 생
각을 하고 있던 중이었다.

그들은 동이 틀 때까지 술과 고기를 먹다 헤어졌다.

마황칠패는 곧바로 복양으로 떠났고, 기무결 일행은 낮엔 휴식을 취했다가 다시 밤이 되어서야 길을 떠났다.

그들이 복양에 도착한 건 마황칠패와 헤어진 뒤로부터 정확히 이틀이 지나서였다.

그때까지 감찰총국은 쫓아오지 않았다. 기무결은 최대한 그들의 추격을 피해 밤에만 움직이긴 했지만, 그래도 약간 의외라는 생각이 들었다. 설마 사도옥의 능력으로 아직까지 자신들의 종적을 찾지 못하고 헤매고 있다는 건가?

아마 다른 사람이었다면 이런 생각까지 하진 않았을 것이다.

하나 상대는 교활하기 그지없는 사도옥이었다.

평소 의심이 많은 기무결은 뭔가 찜찜한 생각이 들었다.

왠지 이렇게 쉽게 끝날 것 같은 기분이 들지 않았다.

하지만 복양에 도착하고도 아무 일도 없는 것을 보면 어쩌면 정말 사신들의 종적을 찾지 못하고 헤매고 있는지도 몰랐다.

그는 영평공주와 작별을 고했다.

영평공주를 무사히 복양에 데려다준 이상 그가 할 일은 끝난 셈이었다. 이젠 왕혜령을 떨쳐 내고 무림맹으로 돌아가는 일만 남아 있었다.

"그동안 고마웠어요."

영평공주가 감사의 인사를 전하면서도 쉽게 돌아서지 못하고 뭔가를 계속 망설이고 있었다.

기무결이 고개를 갸웃거리며 물었다.

"소생에게 무슨 할 말이라도 있습니까?"

"호, 혹시 저… 저를 황실까지 데려다달라고 하면 너무 무리한 부탁일까요?"

"송구한 말씀이지만, 공주님과 소생과의 인연은 딱 여기까지인 것 같습니다."

기무결은 단호한 표정으로 말했다.

황족에게 누가 이토록 무례하게 말을 할 수 있겠는가?

하나 영평공주는 화를 내기는커녕 오히려 초조한 표정으로 말했다.

"그냥 데려다달라는 것이 아니에요. 기 공자님께 대장군의 관직을 하사하고 싶은데 받아주실 의향이 있으신가요?"

엄청난 파격이었다.

황실과 수도를 담당하는 곳을 오군도독부라 하는데 이곳의 수장을 흔히 대장군이라 부른다.

품계는 정이품이고 그 힘과 권력은 능히 병부상서와 비견

될 정도였다.

기무결의 나이 고작 이십 대 초반. 더구나 과거시험도 치르지 않은 사람에게 내릴 관직치고는 엄청난 것이었다.

왕혜령은 너무 놀라 입을 쩍 벌리고 말았다. 영평공주의 제안도 의외였지만, 그 파격적인 혜택은 귀를 의심할 지경이었다.

말도 안 되는 일이 벌어지고 있었다.

정파는 물론이고 마도에 이어 황실까지.

사방에서 지금 기무결을 서로 데려가지 못해 안달인 경우는 들은 적도 본 적도 없는 것이다.

그녀가 초조한 표정으로 기무결을 쳐다보았다.

아무리 관직에 초연한 사람이라 해도 마음이 흔들릴 법한 상황이었다.

하지만 다행히도 기무결은 고개를 흔들었다.

"마음은 고맙지만, 그 뜻도 들어드리지 못하겠군요. 자유로운 무인에게 황실은 새장처럼 답답한 곳이지요."

"그, 그렇군요."

영평공주는 가볍게 탄식을 토했다.

이미 어느 정도 예상하고 있던 일이지만, 막상 기무결의 입에서 거절의 말이 나오자 실망스러운 기색을 감출 수 없었다.

그녀는 혹시 화은설이란 여인 때문에 거절한 것이냐고 묻고 싶었지만, 왠지 그렇다는 대답이 나올까 두려웠다. 자신이 왜 그것을 두려워하는지 이해할 수 없었지만, 그녀는 끝내 물어보지 못했다.

기무결은 아까부터 뒤통수가 가려운 것처럼 뭔가 계속 찜찜한 기분이 들었다.

극도로 발달한 그의 기감이 불길한 기운이 스멀스멀 다가오고 있다고 경고해 주는 것 같았다.

'흐음.'

하지만, 주변에는 별다른 이상한 것은 없었다.

거리에는 지나다니는 사람도 별로 없었고, 딱히 수상하게 생각되는 사람도 눈에 띄지 않았다.

하긴, 감찰총국이 변장한 모습은 어떤 식으로든 그의 눈에 띄었을 것이었다.

四

태양은 머리 위에 떠 있고, 시간은 미시(오후1~3시)가 되어 가고 있었다.

영평공주는 점심도 거른 채 낡은 사당을 찾고 있었다. 한수관의 말로는 동문에서 십 리 정도 떨어진 곳에 있다고 했는데, 벌써 이각 넘게 헤매고 있었다. 이곳은 마을에서 한참 떨어진 외곽인지라 물어볼 사람도 없었다.

아마 기무결이 있었다면 벌써 찾고도 남았을 것이었다.

하지만 기무결과 왕혜령은 이미 그 자리에서 헤어졌고, 그것이 한 시진 전이었다.

영평공주는 가볍게 한숨을 내쉬었다. 가슴 한쪽 구석이 떨어져 나간 것처럼 허전했다. 기무결은 작별을 고하기 무섭게 뒤도 돌아보지 않고 떠났다. 그래도 지난 며칠 동안 함께한 정이 있는데 한 번 정도는 돌아볼 줄 알았다.

영평공주는 너무도 단호한 기무결의 행동에 왠지 눈물이 나올 것 같았지만, 언제까지 나약하게 굴 때가 아니었다. 황실의 안위가 걸린 일이었다. 책자를 찾는 간단한 일조차 남의 손에 의지한다면 황실은 존재할 이유가 없어야 한다.

그녀는 다시 기운을 차리고 이곳저곳 돌아다니다 결국 몇백 장을 더 움직이고 나서야 낡은 사당을 발견할 수 있었다.

제대로 찾은 것 같았다.

사당은 한수관이 얘기했던 것처럼 관제묘였다. 그것을 증명하듯 관우의 신상이 세워져 있었고, 단 위에는 관우의 위패가 있었다.

"관우의 신상 뒤쪽으로 돌아가서 왼쪽 뒤꿈치 바닥을 파라고 했지?"

영평공주는 재빨리 신상의 뒤로 돌아가 바닥을 파기 시작했다.

어느 정도 흙을 파헤치자 손가락에 뭔가 걸렸다.

작은 철궤였다.

영평공주가 철궤를 꺼내 뚜껑을 열었다.

"아!"

가벼운 탄성을 터뜨렸다.

철궤 안에는 얇은 책자 한 권이 들어 있었다.

영평공주는 느낌만으로도 알 수 있었다. 남들 눈에는 낡고 볼품없는 책자에 불과할지 몰라도 그녀와 당금 황제만이 알 수 있는 표식이 있었다.

그녀는 재빨리 책자를 들고 펼쳐 보았다. 거기엔 의외로 청주 한씨 문정공파의 가계도가 자세히 나열되어 있었다.

하지만 영평공주는 허탈한 표정으로 고개를 떨구었다.

그녀와 명 황실과는 전혀 상관도 없을 것 같은 문정공파 한씨의 족보 책자에 이질적인 문구 하나가 눈에 들어왔다.

─려비 명 태종 영락제 서성부원군영공신부인

여기서 려비는 한영정의 딸이며 한확의 누이였고, 주원장이 어렸을 때 머슴살이를 하던 주인집의 아가씨를 뜻한다.

주원장이 그녀와 눈이 맞아 중국으로 도망을 쳤는지, 아니면 훗날 주원장이 명나라를 세우는 과정에서 그녀를 데려왔는지는 명확하지 않았다. 족보 책자에도 그런 것까지는 기록되어 있지 않았다.

하지만 영락제가 태어난 시기는 한창 주원장이 원나라와 싸울 때의 일이었다. 그렇다는 건 원나라 시절 공녀로 끌려온 신분은 결코 아니라는 뜻. 어쩌면 처음부터 주인집 아가씨와 눈이 맞아 함께 중국으로 도망쳤을 가능성이 높았다.

"여, 역시 두 분 다 고려인이었어."

생각했던 것보다 더 최악이었다.

주원장의 출생이 단순히 고려인 것으로 끝나는 것이 아니라 한씨 집안의 머슴이었다는 것이 더 추가되었기 때문이었다. 영평공주는 손발이 덜덜 떨릴 지경이었다. 이것이 세상에 알려지면 과연 어떻게 될지 보지 않아도 눈에 선하다. 모든 고관대작이 들고 일어날 것은 물론이고 반역의 무리는 더욱 탄력을 받아 역모를 획책할 것이었다.

이것이 세상에 알려지게 놔둘 수는 없었다.

영평공주는 입술을 질끈 깨물고 품속에서 부싯돌을 꺼냈다.

그 자리에서 문정공파 한씨의 족보 책자를 불태워 버릴 생각이었다.

바로 그때였다.

사당의 천장이 우지끈 부서져 나가며 일단의 무리가 바닥으로 떨어져 내리는 것이 아닌가?

"흐흐, 지금까지 기다렸다."

"당장 그 책자를 내놓지 못할까?"

그들은 하나같이 얼굴에 복면을 쓰고 있었다.

영평공주가 깜짝 놀라 외마디 비명을 질렀을 때는 이미 족
보 책자가 복면인 중 한 명의 손에 들어간 뒤였다.

"아, 안 돼!"

그녀는 절망했다.

이제 모든 것이 다 끝장이었다.

이 황실과 그녀의 가족들까지.

두 눈에서 눈물이 흐르고 억장이 무너져 내리는 것 같았다.

五

복면인은 모두 여덟 명이었다.

제갈세가와 남궁세가.

진주언가와 하북팽가, 그리고 황보세가.

단천폭뢰장과 철권무적대.

혈뢰곡.

모두 사도옥이 공문을 보내 협조를 요청한 곳이었다.

그들은 자신의 신분을 감추기 위해 복면을 썼다.

황실을 상대하는 일이었다. 신중을 기하기 위해 복면을 뒤집어쓰긴 했지만, 사실 팔대문파가 나설 만한 일인지 의문이었다.

이건 여덟 마리의 고양이가 한 마리의 쥐를 상대하는 격이었다.

그들은 아까부터 영평공주의 뒤를 따랐고, 굳이 자신들의 몸을 숨기려 하지도 않았다. 한데도 영평공주는 아무것도 모른 채 사당을 찾는 데만 열중했던 것이다. 족보 책자를 손에 넣은 것만 해도 그랬다. 이건 뭐, 애들 장난도 아니고 겨우 가벼운 손짓 한 번으로 영평공주의 품에서 족보 책자를 갈취했으니 누워서 죽을 먹어도 이보다 쉬울 것 같았다.

영평공주 곁에는 그 흔한 호위무사 한 명 없었다.

아니, 있긴 있었다.

하지만 그들이 한 시진 전에 헤어진 이후로 영평공주는 과연 일국의 공주가 맞나 싶을 정도로 혼자 움직이고 있었다. 그들은 진작 덮치고 싶었지만, 영평공주가 족보 책자를 찾기 전까지 최대한 기운을 숨기고 지켜보았다.

'거우 계집 하나 상대하는 데 팔대문파를 동원했단 말인가?'

특히 남궁세가의 분노는 이만저만 큰 것이 아니었다.

그들은 천하의 비웃음까지 각오하고 봉문을 풀었던 것인데, 왠지 사도옥에게 농락을 당한 기분마저 들었다.

이제 영평공주를 죽이고 족보 책자를 사도옥에게 전해주면 모든 일은 끝난다.

사도옥은 멀지 않은 곳에서 그들을 기다리고 있었다.

'건방진 놈!'

그들은 빨리 영평공주를 제거하고 사도옥을 찾아가 단단히 따져 물을 생각이었다.

그런 그들의 눈빛에서 갑자기 살기가 번뜩였다.

사도옥을 향한 분노가 고스란히 영평공주에게 향했던 것이다.

그들의 신분에 무공도 모르는 여인을 죽인다는 건 있을 수 없는 일이었다.

하지만 밤말은 쥐가 듣고 낮말은 새가 듣는 법.

아무리 복면을 뒤집어썼어도 오늘 일이 밖으로 새어 나가는 일은 절대 있어서는 안 된다. 그리고 영평공주는 유일한 증인이었다.

"그대의 신분을 생각해서 고통 없이 죽여주겠소."

영평공주는 무릎이라도 꿇고 빌고 싶은 심정이었다.

한데 그러다 문득 정중하게 말해오는 것을 보고 감찰총국의 요원들이 아니라는 것을 확신했다. 그리고 어쩌면 그렇게 악인들이 아닐 수도 있다는 생각이 들었다.

그녀는 간절한 목소리로 부탁했다.

"저는 죽여도 좋아요. 하지만 그 책자는 없애야 해요. 황실의 안위가 달려 있는 일이에요."

"황실의 안위?"

복면인들이 코웃음 쳤다.

"공주, 지금 누굴 바보로 아시오?"

"흥! 이 나라 이 땅을 한낱 고려라는 소국 따위가 지배하게 놔둘 것 같소?"

"아, 지금은 조선으로 나라가 바뀌었던가?"

그들은 아직 족보 책자를 읽지 않은 상태였다.

한데도 저런 반응이라면 아마 책을 읽고 난 뒤에는 어떤 반응을 보일지 심히 두려울 정도였다.

"그, 그대들은 지금 바, 반역을 획책하고 있어요."

"푸하핫! 반역이라고? 지금 그 천한 핏줄을 타고난 몸으로 누굴 훈계한단 말인가?"

"그런 것으로 치면 주원장도 원 황실에 반기를 들고 새로운 나라를 세웠으니 엄밀하게 말하면 반역이라 할 수 있지."

"무엄하구나! 감히 일개 필부들이 어찌 선황을 욕보인단 말이냐?"

영평공주는 사시나무 떨듯 온몸이 부르르 떨렸다.

하나 예부터 성공하면 혁명이요, 실패하면 반역이란 말이 있다. 저들은 성공을 아예 확신하고 있었다.

"누구죠? 그대들을 뒤에서 조종하는 사람이 누구냐구요? 혹시 여덟 명의 왕야 중에 있나요?"

"흐흐, 우리 입에서는 한마디도 들을 수 없을 것이오."

"정 궁금하면 지옥에 가서 염라대왕에게 물어보도록."

영평공주의 죽음은 이미 기정사실.

그렇다면 인심을 쓰는 셈치고 사실을 말해주지 못할 것도 없었다.

하지만 복면인들은 결코 호락호락하지 않았다. 그들은 황실을 전복하고 새로운 황제로 추대하려는 자가 누구인지 철저히 함구했다.

여덟 명의 왕야.

그들은 모두 영락제의 형제였다.

고려비 한씨의 몸에서 태어난 영락제와는 달리 여덟 명의 왕야는 중원의 명망 높은 집안의 여인들 몸에서 태어난 것이다.

영평공주는 오래전부터 그들 중 한 명을 의심하고 있었지만, 그들은 모두 청빈한 삶을 몸소 실천하며 백성들 사이에서 존경을 받고 있었다. 그런 그들이 반역을 일으켜 황제의 자리를 차지할 만큼 추악한 자들이라고는 도저히 생각할 수 없었다.

하나 영평공주는 그들의 함구하는 모습에 느껴지는 것이 있었다. 여덟 명의 왕야 중에서 아무도 없었다면 굳이 함구할 이유가 없는 것이다.

'역시 그런 것이었어?

영평공주는 더욱 암담함을 느껴야만 했다.

이는 믿는 도끼에 발등을 찍힌 격이나 마찬가지였다.

더구나 지금 이 순간에도 황제는 그들 여덟 명의 왕야를 믿고 신뢰하고 있기 때문이었다.

이런 사실을 황제에게 알려야만 했다. 그리고 여덟 명 중에 누가 황실을 전복하려 하는지 찾아내야 한다.

하지만 그녀의 이런 생각은 곧바로 벽에 부딪치고 말았다.

복면인들이 영평공주의 생각을 읽기라도 한 듯 입가에 차가운 조소를 그리며 천천히 그녀를 향해 다가오고 있었다.

"억울해할 것 없소."

"조만간 황제도 공주의 품으로 보내줄 테니까."

쐐애액!

누군가 팔을 가볍게 흔들었다.

순간 공기를 가르는 소리와 함께 무시무시한 장력이 영평공주의 몸으로 날아들었다.

영평공주는 죽음을 예감하고 두 눈을 감았다.

第三章

천하와 맞서다

一

그 시각.

기무결은 사당에서 삼십 리 정도 떨어진 곳에 있었다. 객잔
에 들러 점심을 먹고 막 남문대로를 걷고 있는 중이었다.

이곳은 복양에서 가장 번화한 곳이었다.

주변에 사람도 많고 화려하게 볼거리도 많았지만, 기무결
은 단 한 번도 그런 곳을 향해 시선을 돌리거나 관심을 갖지
않았다.

왕혜령은 조용히 기무결의 뒤를 따르고 있었다.

그들은 밥을 먹는 동안 한마디도 나누지 않았다. 왕혜령은

뭔가 말을 하고 싶었지만, 기무결은 오직 밥을 먹는 것에만 집중했다.

'휴!'

그녀는 이제야 겨우 기무결과 단둘이 있게 되었다.

무림맹에 같이 간다는 핑계로 여기저기 명소도 다니고 맛있는 음식도 먹고 즐거운 시간을 보낼 줄 알았다.

하지만 왠지 그럴 만한 상황이 아니었다.

영평공주를 혼자 보내고 자신만 신 나서 들떠 있으면 너무 속보이기 때문이었다.

분명 어려운 상황이 닥칠지도 몰랐다. 감찰총국의 사도옥이 쫓고 있으니 생명이 위태로울 수도 있었다.

한데도 기무결이 영평공주의 간절한 도움을 외면한 채 그냥 헤어질 줄은 생각도 못한 일이었다.

어쩌면 그녀 입장에서는 잘된 일인지도 몰랐지만, 왠지 기무결의 단호한 행동에 그녀도 그리 안심할 상황은 아니란 것을 직감할 수 있었다.

"공자님, 이제 저희는 어디로 가나요?"

그녀가 조심스럽게 물었다. 그런 그녀의 눈빛 속에는 일말의 기대감이 숨겨져 있었다. 그녀의 머릿속에 사랑하는 남녀들이 할 수 있는 온갖 일이 떠오르며 마음이 설레었다.

그때, 기무결의 안색이 살며시 변했다.

그의 귓가에 낯익은 비명 소리가 들려왔던 것이다.

'공주의 것이다.'

워낙 거리가 멀어서 그의 가공할 기감으로도 희미하게 느껴졌지만, 공포에 찬 비명 소리는 영평공주의 것이 확실했다.

二

불길한 기운은 언제나 적중하는 법이다.

기무결은 뒤통수가 가려운 것처럼 뭔가 찜찜한 생각이 들고, 극도로 발달한 그의 기감이 불길한 기운이 스멀스멀 다가오고 있다고 경고했던 것이 바로 이것이었다는 것을 깨달았다.

제대로 한 방 얻어맞은 기분이었다.

어떻게 알았는지 적들은 미리 복양에 와서 기다리고 있었던 것이다.

그는 사도옥이 감찰총국의 요원들을 이끌고 자신들을 뒤쫓아 온다고만 생각했지 미리 기다리고 있을 줄은 꿈에도 생각지 못한 일이었다.

그동안 감찰총국에서 잠잠했던 이유를 알 것 같았다.

아무래도 적들은 자신을 경계해서 멀찍이 떨어진 곳에서 최대한 기척을 숨긴 것 같았다. 천하의 기무결이라 해도 기척을 숨긴 고수들을 찾아내는 건 어려운 일이었다.

하지만 아무리 그렇다 해도 그들의 능력이 대단하지 않았다면 결코 기무결의 기감을 속일 수 없었을 것이었다.

분명 찜찜하고 불길한 기운들은 감찰총국 요원들은 아니었다.

오히려 힘이 넘치면서도 뭔가 자유롭게 느껴지는 것이 무림인들에 더 가까웠다. 그것도 마도나 사파보다는 정파에 가까웠다.

"사도옥이 정파를 동원하기라도 했단 말인가?"

설마!

기무결은 머리를 흔들었다.

이건 생각할 필요도 없는 일이었다.

관과 무림은 서로의 구역을 침범하지 않는 것이 불문율이다. 황실이 무림에 도움을 청할 리도 없지만, 설령 청한다고 해도 무림이 순순히 협조할 리 없는 것이다.

더구나 무림인들은 자존심으로 똘똘 뭉친 자들이었다.

황제가 읍소를 해도 안 통하는 마당에 겨우 감찰총국 부국주의 위치에서 할 수 있는 일이 절대 아니었다.

"자, 잠깐!"

기무결은 머릿속에 무언가를 떠올리고 얼굴이 딱딱하게 변했다.

그건 풍운산장에 침투했던 간세를 찾아내기 위해 계좌 추적을 하면서 알아냈던 것이었다.

적들의 돈이 황실과 무림맹으로 흘러 들어갔던 것.

이게 과연 단순한 우연일까?

어쩌면 황실과 무림맹이 하나로 연결된 것인지도 몰랐다.

'누군가 암중에 황실과 무림맹을 움직이고 있다면 사도옥이 무림을 동원한 것도 충분히 설명이 가능하다.'

그렇다면 화은설을 죽이려고 했던 자들과 지금 영평공주를 죽이려고 하는 자들이 똑같다는 뜻이었다.

기무결은 더 이상 망설이지 않았다.

"왕 소저, 이제 그만 천왕세가로 돌아가시오."

"에? 그, 그게 갑자기 무슨……."

왕혜령은 잔뜩 겁을 집어먹은 표정으로 기무결을 쳐다보았다.

하지만 기무결은 그녀에게 길게 설명할 시간이 없었다.

아까 그가 느꼈던 찜찜하고 불길한 기운들에는 상당한 힘이 깃들어 있었다.

그것도 한두 개가 아니었다.

하물며 황실과 무림이 합세했다면 천하를 상대해야 한다는 소리.

이번만큼은 천하의 기무결이라 해도 목숨을 장담하기 어려웠다. 왕혜령은 같이 가봐야 짐만 될뿐더러 자칫 목숨을 잃을 수도 있었다. 그런 위험한 곳에 왕혜령을 데려갈 수는 없었다.

기무결이 가볍게 바닥을 박차고 몸을 날린다 싶은 순간 그의 신형이 까마득히 멀어져 눈 깜짝할 사이에 수백 수천 장을 날아갔다.

三

누군가 팔을 가볍게 흔들었다.

모두 복면을 하고 있었기에 누구인지 알아볼 수는 없었다.

하지만 몸이 깡마르고 키가 멀대처럼 커서 잠깐만 보아도 평생 기억에 남을 만한 모습이었다.

영평공주는 죽음을 예감하고 두 눈을 감았다.

그녀의 두 눈에서 주르륵 눈물이 흘러내렸다. 회한에 가득 찬 모습이었다. 책자를 손에 넣자마자 바로 불태우지 못한 것이 그렇게 후회스러울 수가 없었다.

그녀의 머릿속에서는 아비규환으로 변한 황실의 모습이 그려졌다. 그리고 반역의 수괴들이 황제를 죽이고 황실을 장악한 모습도 떠올랐다.

'아바마마!'

바로 그때였다.

그녀의 귓가에 사당의 천장이 부서지며 무언가 하늘에서 떨어져 내리는 소리가 들려왔다.

엄청난 속도였다.

쐐애애액!

세찬 바람이 장내를 휩쓸고 지나갔다. 복면인들의 옷이 펄럭거렸고, 영평공주는 그 힘을 이기지 못하고 뒤로 주춤주춤 밀려났다.

그녀가 깜짝 놀라 두 눈을 뜬 순간이었다.

무언가 바닥에 쿵 하고 떨어져 내렸다.

그와 동시에 지진이라도 일어난 듯 땅이 갈라지고 바닥이 들썩거렸다.

허름한 사당이 충격을 이기지 못하고 무너져 내렸다. 관우의 신상이 두 동강 나고 신단이 박살 났다.

영평공주의 머리 위로도 무너진 천장이 떨어져 내렸다.

그녀는 피하지도 못하고 두 눈을 크게 치떴다.

바로 그때, 누군가 그녀의 몸을 살며시 안는다고 느낀 순간 그녀의 몸이 공간이동을 한 것처럼 수십 장 멀리 와 있었다.

四

"고, 공자님!"

영평공주는 꿈꾸는 듯한 표정으로 기무결을 쳐다보았다.

그녀는 믿어지지 않았다. 이게 꿈이라면 깨고 싶지 않을 정도였다.

목숨이 경각에 달린 순간 하늘에서 떨어져 그녀를 구한 사람이 기무결이었던 것이다.

하지만 기무결은 감상에 빠질 여유가 없었다. 그녀를 다시 만났다고 가벼운 눈인사조차 나눌 상황이 아니었다.

무너진 사당의 잔해 더미에서 복면인들이 몸을 일으켰던 것이다.

그들은 낭패를 당했지만, 별다른 부상이나 내상을 입지는 않았다.

하나 자존심에 상처를 입은 듯 눈빛이 잔뜩 일그러져 있었다.

기무결이 단 한 번의 동작으로 사당을 무너뜨리고 지진을 일으킨 것은 확실히 효과적이었다. 복면인들은 당대 최고의 고수였지만, 누구 하나 아무 대응도 하지 못한 채 눈앞에서 영평공주를 놓친 것이다.

'으음. 정말 무서운 놈이다.'

'저자가 사도옥이 말한 그자인가?'

보고에 따르면 분명 영평공주와 헤어져 삼십 리 이상 떨어졌다고 했는데 어떻게 여기에 올 수 있었는지 귀신이 곡할 노

롯이었다.

아무래도 좋다.

이미 그들은 만반의 준비를 갖춰놓은 상황이었다.

그들이 서로의 얼굴을 쳐다보고 눈빛을 주고받았다.

그리고는 약속이나 한 듯 고개를 끄덕였다. 그들의 체면에 자존심이 상하는 일이었지만, 상대는 추측할 수 없는 능력을 가지고 있었다.

사당에서 그리 멀지 않은 곳에 세가의 고수들이 은신해 있었다.

대략 칠팔십 명 정도에 불과했지만, 그들은 하나같이 세가와 문파를 대표하는 무서운 고수였다. 어떤 곳은 세가의 가주가 직접 온 곳도 있었고, 어떤 곳은 백 살이 훌쩍 넘은 태상장로가 오랜 은거를 깨고 나온 곳도 있었다.

비록 사도옥의 명령에 마지못해 나온 자리이긴 했지만, 그들은 서로 경쟁 아닌 경쟁을 하고 있는 사이였다.

육문칠가는 원래 그런 자리다.

잘하면 본전이지만, 못하면 제대로 망신살만 뻗치는, 한마디로 무얼 하든 사람들의 기대치는 항상 높을 수밖에 없는 곳이었다.

그래서였다.

그들은 서로 상대에게 지기 싫어서 최대한 자신의 세가에서 가장 무공이 높은 고수들만 선발해서 데려왔던 것이다.

그들 중에는 흔히 세가의 미래라는 후기지수 따위는 없었다.

그래서 더 무서운 일이었다.

이곳에 모인 사람 중 일파의 문주급 아니면 장로급이 아닌 사람이 없었다.

그만큼 개개인의 무공이나 능력이 상상을 초월한다는 뜻이었다.

그들 중 몇 명만 있다면 어지간한 문파는 개미 새끼 한 마리 남기지 않고 무너뜨릴 수 있을 터였다. 그런 그들이 칠팔십 명이나 모여 있는 것이다. 애초에 기무결을 잡기 위해 사도옥이 심혈을 기울여 계획한 일이었다.

"흐흐, 기다리고 있었다."

"오지랖 넓은 네놈을 탓해라."

복면인들이 신호를 보내자 주변에 은신해 있던 고수들이 하나둘 모습을 드러내기 시작했다.

그들 역시 얼굴에 복면을 하고 있었지만, 기무결은 한눈에 그들의 내력이 범상치 않다는 것을 감지했다.

'도대체 어디서 이렇게 많은 고수를 끌어모은 것인가?'

진정 놀라운 일이 아닐 수 없었다.

그가 생각했던 것보다 상황이 더 나쁘게 흐르고 있었다.

천하무림의 고수란 고수는 모두 이곳에 모인 것 같은 기분이었다.

기무결은 그동안 수많은 고수를 만나고 풍전등화와 같은 문제에 직면해 보았지만, 이건 그때와는 비교할 수 없을 정도였다. 이 정도 전력이면 두세 개 문파는 기본이고 능히 무림맹이나 마황성에 견주어도 부족할 것 같지 않았다.

그나마 다행이라고 해야 할까?

감찰총국 요원들의 모습은 보이지 않았다.

사도옥의 모습도 찾을 수 없었다.

하지만 왠지 그게 더 불안해지는 건 어쩔 수 없었다.

뭔가 뒤가 켕기고 찜찜한 것이 그의 기감이 불길하다고 말해주고 있었다.

五.

당금 천하에서 가장 유명한 사람을 꼽으라면 단연 기무결일 것이었다.

그는 무림에 나온 지 일 년도 되지 않아 수많은 고수를 쓰러뜨렸고, 단기간 안에 터무니없는 일을 수없이 해결했다. 그 모든 것이 신화가 되고 전설로 회자될 정도였다. 사람들은 두세 명만 모이면 기무결 이야기로 정신이 없었다.

많은 사람이 기무결과 알고 지내고 싶어 했고, 어떤 자들은 기무결을 먼발치에서 보았다는 이유로 사람들의 관심을 한 몸에 받는 일도 벌어졌다.

하지만 정작 기무결의 얼굴을 알고 있는 사람은 그리 많지 않다.

원래 그는 무림인이 아니다 보니 무림의 문파들과 교류한 적이 없었고, 그나마 알고 있는 사람들도 사건을 해결하면서 만난 사람이 전부였다. 아미파의 아미삼봉이나 신창양가장, 그리고 삼대세가의 몇 명 정도가 고작이었다. 나머지는 마도의 인물들이었다. 그나마 마도의 인물들과 교류가 많은 편이었지만, 여기엔 마도의 인물들이 거의 없어 보였다.

'사이한 느낌이 묻어 나오는 자들이 있다. 이건 마도와는 다른 기운인데 혹시 사파인가?'

기무결의 기감은 신화경에 이른 그의 공력만큼이나 무시무시했다.

단순히 사람들의 몸속에서 흘러나오는 기운만으로도 출신 내력을 알아낼 수 있는 것이다.

이것을 조금 더 연구하고 수련만 한다면 출신 내력뿐만 아니라 사람의 기가 움직이고 흐르는 것까지 느낄 수 있을 터였다.

무서운 일이 아닐 수 없었다.

기가 움직이는 것만 알 수 있다면 상대가 어떤 식으로 공격을 할 것이며 어느 방향으로 움직일 것인지 미리 예견하고 대비할 수 있기 때문이었다.

하나 그건 훗날의 일.

지금은 현실에 닥친 상황에 집중해도 부족할 판이었다.

'그렇다면 이 중에 나를 알고 있는 사람은 없을 것이다.'

기무결은 확신했다.

이곳에 있는 사람은 정파의 고수가 대부분이고 그것도 무림맹과 관련이 있는 자들일 가능성이 높았다.

하지만 무림맹은 딱히 걱정할 수준은 아니었다.

그가 무림맹 출신이라 해도 정작 그는 천무서원의 하인으로, 그리고 화은설의 마부로 지내며 철저히 자신을 숨겨왔기 때문이었다.

문제는 남궁세가와 서문세가, 그리고 신도세가였다.

그중 서문세가와 신도세가는 복양에서 너무 멀리 떨어져 있어서 걱정할 단계가 아니었고, 남궁세가는 봉문한 상태이니 이곳에 왔을 리 없었다.

'새로 익힌 신궁천품으로 상대해야겠다.'

기무결은 철저히 자신의 내력을 감출 생각이었다.

아무래도 정파의 고수들과 싸우면서 다시 무림맹으로 돌아가야 한다는 건 어불성설이었다.

'아니, 지금은 오직 생존에 집중해야 할 때인가?'

하나의 손이 열 개의 손을 감당하지 못하는 법이다.

이미 천하에 적수가 없는 기무결이었지만, 지금은 전혀 다른 상황이었다.

신궁천품은 감찰총국 요원들 상대로 검증이 끝난 상태였다. 여기에 천무은형잠종대법을 가미하면 그 위력은 배가 되면서도 자신의 내력도 감출 수 있었다.

"공주는 절대 소생의 품에서 떨어져서는 안 됩니다."

끄덕끄덕!

영평공주는 겁에 질려 있었다.

그녀는 두 팔에 힘을 주고 기무결의 몸을 꼭 끌어안았다.

하지만 기무결은 한 가지 사실을 모르고 있었다.

이미 남궁세가가 봉문을 풀고 밖으로 나왔다는 사실을.

그리고 남궁세가의 진영에는 기무결과 목숨을 걸고 싸움을 했었던 사람이 있었다는 사실을 말이다.

'저놈은 분명 기무결 그자다.'

우드득!

복면 사이로 이를 가는 자가 있었다.

그의 눈빛은 분노로 이글이글 타오르고 있었다.

第四章

공전절후

—

　남궁세가에서 기무결을 알아볼 수 있는 사람은 몇 명 되지 않는다.

　그날 남궁세가를 이끌고 신창양가장에 온 사람은 남궁민.

　하지만 그는 기무결의 손에 죽지 않았던가?

　그다음으로 십준칠화로 불리는 후기지수들이 있었지만, 이곳에는 후기지수들이 오지 않았으니 그들 역시 제외였다.

　그렇다면 딱 한 사람이 남아 있다.

　그는 다름 아닌 남궁세가의 가주 남궁학이었다.

　남궁학이 기무결의 얼굴을 알아볼 수 있었던 것은 무림맹에서 직접 만나고 얘기도 나누었기 때문이었다. 바로 기무결과 화은설이 동영의 인자 사건을 해결하고 금의환향하듯 무림맹으로 돌아왔을 때의 일이었다.

그랬다.

남궁세가를 직접 이끌고 나온 사람은 남궁세가의 가주인 남궁학이었다.

그의 고고하고 유별난 자존심을 생각하면 의외가 아닐 수 없었다. 아마 평소였다면 겨우 이런 일로 남궁학이 무림에 나오는 일은 없었을 것이었다.

천추제일검가.

그게 남궁세가였다.

강호에서 얼마나 많은 사람이 검을 사용하며 얼마나 많은 문파와 세가에서 검을 사용하던가?

그들의 도전과 경쟁을 뿌리치고 천추제일검가로 우뚝 설 수 있다는 것은 진정 대단한 일이었다.

남궁세가가 천추제일검가로 명성을 떨치게 된 것은 남궁학의 가공할 능력 때문이라는 것은 주지의 사실이었다.

하지만 지금 남궁세가는 궁지에 몰려 있었다.

남궁민은 죽었고, 십준칠화는 기무결의 손에 패해 실의에 빠져 있었다.

더구나 신창양가장의 배후가 남궁세가라는 것이 밝혀지면

서 온갖 수모와 비난을 받고 있는 실정이었다.

여기에서 뭔가 압도적인 그 무언가를 보여줘야 한다.

감히 그 어떤 문파나 세가도 남궁세가를 비난할 수 없을 만큼 강렬한 무위를 보여서 땅바닥에 떨어진 자존심과 명예를 되찾을 심사였다.

'흐흐, 본가주가 직접 온 보람이 있구나!'

그의 곁에는 일곱 명의 장로가 있었다.

보기만 해도 든든하기 짝이 없었다.

어찌 그렇지 않겠는가?

두 명은 백부, 다섯 명은 숙부였다.

그들은 적어도 이십 년 전에 은거한 전대 고수였다. 오랫동안 무림에 발을 끊고 평범하게 농사를 지으며 살아가고 있지만, 여전히 그들은 가공할 공력을 가지고 있었다. 검신이라 불리는 남궁학조차 그들에겐 한 수 접고 들어갈 정도였다.

'기무결, 네놈은 오늘 반드시 죽는다.'

二

신기제갈.

대대로 제갈세가를 이르는 말이다.

원래 제갈세가는 두뇌와 지략, 진법 등으로 유명한 가문이었고, 무공 면에서는 그리 강한 편은 아니었다.

하지만 백 년 전 한 명의 천재가 진법과 무공을 하나로 이어 놓으면서 제갈세가는 새로운 전기를 맞았다.

일 초식에 땅을 가르고 이 초식에 하늘을 뒤엎는다.

그리고 삼 초식에 천하를 품고 사 초식에 우주를 논하니 그 누가 칠 초식을 막겠는가?

이것이 그 유명한 일검칠성진법이란 검법이었다.

그 이름부터 독특한 이 검법은 겨우 칠 초식에 불과하지만, 각기 일곱 번의 변화를 일으키기 때문에 실제로는 사십구 초식이라 할 수 있었다. 또한 일검 일보에 진법이 가미되어 있기 때문에 단박에 승부를 내지 못하면 결국 진법에 걸려 환상에 빠지게 된다.

더구나 일 초식부터 제갈세가의 무공의 정수가 모두 망라되어 있기 때문에 그 위력이 무시무시할 정도였다.

그건 곧 아무리 무공이 강한 사람이라도 단박에 승부를 낼 수 없다는 뜻이었다.

아직까지 일검칠성진법을 상대로 이 초식 이상 받은 사람이 없었다. 상대가 누구든 결과는 마찬가지였다. 가히 무적에 가까운 일검칠성진법으로 인해 제갈세가는 천하제일무가로 올라설 수 있었다. 무림의 태산북두라는 소림사나 무당조차도 제갈세가의 일검칠성진법을 두려워해서 감히 그들 앞에서 무공을 논하지 못할 정도였다.

일각에서는 일검칠성진법을 고금오대정종무공에 포함시켜야 한다며 고금육대정종무공이라 불렀다.

우내오존 제갈기.

그것이 일검칠성진법을 만든 자의 이름이었다.

제갈기는 백 년에 한 번 나올까 말까 한 무학의 천재였다.

그리고 놀랍게도 제갈세가를 이끌고 이곳에 나타난 사람이 바로 제갈기였다.

그의 나이 이미 백 살이 넘었지만, 여전히 두 눈빛만큼은 젊은 청년 못지않게 강렬하기 짝이 없었다.

'어린 나이에 대단한 기세로다.'

그는 기무결을 바라보며 놀라움을 금치 못했다.

우내오존!

더 이상 설명이 필요 없는 인물들이었다.

그들은 백 년 전 천하제일고수였고, 지금은 신화와 전설이 되어버린 무서운 고수들이었다.

하지만 천하의 제갈기조차도 기무결 나이에 저 정도의 공력은 없었다. 아니, 지금 그와 비교해도 손색이 없었다. 천하무림에 저런 고수를 키워낼 자가 있는지 의문이었다. 아무리 기억을 더듬어보아도 그건 불가능한 일이었다. 그도 그럴 것이 천하에 우내오존보다 더 강한 자는 존재하지 않는다고 자부하고 있으니까.

'쯧쯧, 아쉽군! 저런 인재가 이곳에서 뼈를 묻게 생겼으니 말이야.'

그것이 무림의 생리다.

아무리 무서운 고수라 해도 한 손이 열 손을 감당하지 못하는 것이다.

기무결의 죽음은 이미 기정사실이나 마찬가지였다.

三

"사도옥은 어디 있소?"

확실히 그가 보이지 않는 것이 찜찜했다.

"헛헛! 그 배짱 하나만큼은 인정하지 않을 수 없구나! 이런 상황에서도 다른 생각 할 여유가 있을 줄이야."

제갈기가 황당한 목소리로 대답했다.

팔십여 명을 대표로 그가 나섰지만, 누구도 이의를 제기하지 않았다.

기무결은 가볍게 눈살을 찌푸렸다.

군계일학이란 말이 있다.

수없이 많은 고수가 몰려와 있었지만, 제갈기의 기운은 그 중에서도 단연 최고라 할 수 있었다.

"활을 쓴다고 들었는데 활과 화살은 어디에 있느냐?"

"그렇지 않아도 준비할 생각이었소."

그그궁!

기무결의 손에서 주변에 퍼져 있던 강기들이 모이더니 활과 화살이 만들어졌다.

여기저기서 놀라워하는 눈빛들이 쏟아졌다.

제아무리 공력이 초절하고 무공이 뛰어난 자라 해도 강기로 검을 만들 수 있는 사람은 없기 때문이었다.

"어린아이가 노부를 몇 번이고 놀라게 하는구나!"

제갈기는 진심으로 탄복했다.

하지만 그뿐이었다. 궁술은 아무리 뛰어나도 한계가 있다. 그건 원거리에서나 효과를 발휘하지 접근전에서는 맥을 추지 못하는 것이다.

그때 남궁학이 음산한 목소리로 말했다.

"놈의 술수에 속지 마십시오."

"그게 무슨 소린가?"

"흐흐, 놈은 일초무적자로 당금 무림을 떠들썩하게 만든 자이지요. 그렇지 않느냐, 기무결?"

"으음."

기무결은 예상하지 못한 일에 침음성을 삼키고 말았다.

확실히 그는 이곳에 모인 개개인의 능력이 워낙 뛰어나 신궁천품으로 사람들의 이목을 속이려고 했었다.

지난 며칠 동안 신궁천품을 연구하고 수련한 결과 그는 한 번에 백 개가 넘는 화살을 쏘아낼 수 있었다. 거기에 천무은형잠종대법까지 가미하면 그 효과는 몇 배는 높아질 것이었다.

하나 상대는 모두 경험도 풍부하고 공력도 초절한 무림의 고수였다. 그들을 일거에 제압하지 못하면 되레 당할 수 있었다. 오히려 거리를 좁혀 신궁천품을 무력화시키려 할 테지. 기무결은 그것을 역으로 이용할 생각이었다. 즉, 그들이 거리를 좁혀 오도록 유도한 다음 분심쌍격과 천무은형잠종대법, 그리고 천지기하천하무적공 등 그가 가진 모든 재주를 총동원해서 본격적인 승부수를 던질 생각이었던 것이다.

사람들은 경악했다.

일초무적자.

소문은 귀가 따갑게 들었지만, 그걸 전부 믿는 사람은 거의 없었다.

한데 지금 보니 오히려 소문이 부족하다고 느껴질 정도였다.

"정말 대단하군, 정말 대단해! 네가 궁술에도 조예가 깊다

는 말은 듣지 못했는데, 이러면 우리도 단단히 마음의 준비를
해야겠구나!"

　누군가의 입에서 나온 말인지는 몰랐지만, 사람들은 약속
이나 한 듯 고개를 끄덕였다.

　기무결은 자신의 계획이 간파당하자 쓴웃음을 지었지만,
그래도 소득이 아예 없는 건 아니었다.

　그는 남궁학을 쳐다보며 말했다.

　"그대는 남궁세가에서 나왔소?"

　"왜 그렇게 생각하느냐?"

　"목소리에 날이 잔뜩 서 있는 것을 보면 소생과 원한이 아
주 깊은 것 같아서 말이오."

　그렇다면 천하에 딱 한 곳밖에 없다.

　남궁세가.

　그리고 남궁세가에서 자신을 알아볼 수 있는 사람이라면
역시 딱 한 명밖에 없었다.

　"남궁세가의 가주가 언제 사도옥의 수하로 전락했는지 놀
라운 일이오."

　"네 이놈, 터진 입이라고 마구 지껄이는구나!"

　"흥, 그럼 화은설을 죽이려고 한 것도 부인할 셈이오?"

　"뭐, 뭐라고?"

　"그대들이 동영의 인자에게 청부해서 화은설을 죽이려고

한 것을 모를 줄 아시오?"

남궁학은 너무 놀란 나머지 그걸 어떻게 알았느냐고 반문할 뻔했다.

절대 알려져서는 안 되는 일이었다. 세상에 정천구룡 말고는 누구도 모르는 일이었다. 심지어 그들의 가족들도 몰랐다.

'이놈 대체 뭐지?'

복면 너머로 남궁학의 눈빛은 분명 그렇게 말하고 있었다.

그것으로 대답은 충분했다.

기무결은 알고 싶은 것은 모두 알아낸 셈이었다.

이제 남은 것은 무슨 이유로 정천구룡이 화은설을 죽이려고 하는지 알아내는 것이었다.

어쩌면 그것이 지금 영평공주를 죽이려는 것과 같은 맥락일지도 모른다는 생각이 들었다.

하지만 이유야 아무래도 좋다.

지금은 이곳을 빠져나가는 것이 먼저였다.

먼저 움직인 사람은 기무결이었다.

지금 상황은 천하의 기무결도 승부를 장담하기 어려웠다.

그렇다면 무조건 선공을 펼치고 볼 일이었다.

쐐애애액!

가볍게 시위를 당겼다가 놓았을 뿐인데, 백여 개의 화살이 사방으로 날아갔다. 그 궤적이 제각각이었다. 곧장 날아가는 것이 없었다. 중간에 방향을 틀고 낮게 날아가는 것이 있는가 하면 하늘 높이 솟구쳐 올라가는 것도 있었다. 또한 여러 개의 화살이 수시로 방향을 바꾸어 포물선을 그리는 것도 있었다.

"크윽!"

"컥!"

이십여 명의 사람이 피를 토하고 나가떨어졌다.

기무결이 다시금 시위를 당겨 화살을 날려 버리려는 순간이었다.

제갈기가 자신을 향해 날아오던 세 개의 강기 화살을 검을 휘둘러 튕겨낸 다음 득달같이 기무결을 덮쳐 왔던 것이다.

일검칠성진법이 펼쳐진 것이다.

강렬한 검풍이 일며 주변의 공기가 달라졌다. 기무결은 금방이라도 온몸이 쪼개질 것 같은 통증이 느껴졌다.

'대단한 검세다.'

기무결은 아쉽게도 두 번째 초식을 전개할 수 없었다.

자칫 잘못하면 영평공주가 다칠 수도 있었다. 그의 신형이 옆으로 미끄러지듯 움직여 검칠성진법의 검세 밖으로 몸을 피했다. 그리고는 두 팔로는 주변의 바람을 끌어모아 풍형을 전개했다.

바람이 곧 강력한 살기가 되어 날아갔다.

천하의 제갈기라도 바람을 느끼는 순간 영문도 없이 죽어 갈 것이었다.

하지만 이게 어떻게 된 일인가?

풍형의 살기는 망망대해에 빠진 돛단배처럼 흔적도 없이 사라지고 말았다.

기무결은 다시금 풍형을 날려 보냈지만, 이번에도 결과는 마찬가지였다.

바로 이것이 일검칠성진법의 위력이었다. 기무결은 자신도 모르는 사이에 진법 안에 갇혀 버린 것이었다. 그의 두 눈앞에 온갖 환영이 펼쳐졌다. 귀신이 나타났다가 하늘에서 불이 떨어지기도 했고, 요괴들이 덮쳐들기도 했다.

"흐흐, 어린놈! 염라대왕 앞으로 보내주마."

제갈기의 눈에는 물에 빠진 사람처럼 허우적대는 기무결의 모습이 선명하게 보였다. 팔을 뻗으면 닿을 거리였다.

그는 망설이지 않고 검을 휘둘렀다.

강렬한 살기를 담은 그의 검은 기무결의 머리 위로 떨어져 내렸다.

그것으로 싸움은 끝난 셈이었다. 진법에 빠진 이상 눈앞에서 무슨 일이 벌어져도 눈치챌 수 없었다. 아마 끊임없이 펼쳐지는 환영과 싸우느라 정신이 없을 터. 하물며 일검칠성진법의 이 초식이 전개되었으니 그 누가 막을 수 있겠는가?

한데, 바로 그때 믿을 수 없는 일이 일어났다.

기무결이 무지막지한 힘으로 진법을 산산조각 깨뜨리고 밖으로 빠져나왔던 것이다.

四

시간이 멈춘 것 같았다.

호흡이 멈추고 사고가 정지된 것 같았다. 아무것도 눈에 보이지 않았고, 아무 생각도 떠오르지 않았다.

그건 가히 죽음과도 같은 엄청난 충격이었다.

하늘이 무너지고 땅이 꺼져도 이렇게까지 충격적이지는 않을 것 같았다.

백 년을 이어온 제갈기의 자부심이 무너진 것이었다.

진법을 맨주먹으로 깨부순다?

제갈기는 들어본 적도 없는 말이었다.

아니, 이게 가능하다는 생각조차 해본 적이 없었다.

진법을 파훼하는 방법은 오직 생문을 찾아 나오는 것밖에 없다고 생각하고 있었고, 또 모두가 그렇게 하고 있으니 어쩌면 당연한 일이었다.

모든 진법에는 사문이 있고, 생문이 있다. 당연히 일검칠성진법에도 생문이 존재한다.

하지만 생문을 찾기 위해서는 복잡한 계산이 필요하다. 그것도 그나마 진법에 조예가 깊은 사람에게나 가능한 일이었다. 그건 곧 그 누구도 생문을 찾기 위해 계산을 할 때면 이미 제갈기의 검에 목이 떨어져 나간 뒤라는 소리였다.

그렇기에 일검칠성진법에는 생문의 의미가 없었다. 오직 사문만 존재할 뿐이었다.

한데 그걸 기무결이 일격에 깨부수고 나온 것이다. 사문이고 생문이고 아무 의미가 없는 일이었다.

'그래, 이건 우연의 일치다. 천하에 진법을 깨부수고 나온다는 게 말이 되지 않는 일이지 않는가?'

아무래도 진법에 완벽하게 갇힌 게 아닌 모양이었다.

제갈기는 몇 번이나 일검칠성진법을 펼쳐 기무결을 진법에 가두었지만, 그때마다 기무결은 무지막지한 힘으로 진법을 깨부쉈다. 오히려 기무결이 진법을 부수고 나오는 시간이 점점 더 빨라졌고, 점차 반격을 가해오기 시작했다.

단 일격에 천번지복의 위력이 담겨 있었다.

지난 백 년 동안 천하에 적수를 모르며 독보천하를 해온 제갈기조차도 섬뜩해질 정도였다.

하지만 제갈기는 믿는 구석이 있었다.

일검칠성진법은 완벽한 공격적인 무공인 동시에 완벽한 수비를 지닌 무공이었다.

그 어떤 무시무시한 공격일지라도 진법에 가둬 망망대해로 흘려 버릴 수 있기 때문이었다. 기무결도 진법에 갇혀 있을 때 풍형의 삼 단계로 공격해 보았지만 망망대해로 사라지듯 했던 경험을 하지 않았던가?

제갈기는 기무결의 공격을 진법에 가두려 했다.

처음 한두 번은 효과가 있었다. 노도와 같이 밀려오던 공세가 흔적도 없이 사라졌으니까.

하나 기무결은 나중엔 그것조차도 무지막지한 힘으로 깨부수어 버렸다.

제갈기는 혼백이 달아날 지경이었다.

이건 인간이 아니었다. 인간이라면 이럴 수가 없었다.

이젠 자부심이고 나발이고 두려움이 솟구쳐 도망가고 싶은 심정이었다.

그는 비틀비틀 물러서며 기무결의 공격을 막아냈지만, 점점 중심이 무너져 내렸다.

"컥!"

왼쪽 팔이 어깨서부터 잘려져 나가며 피가 분수처럼 솟구쳐 흘렀다.

한 줄기 바람을 느낀 것뿐인데 극심한 고통이 몰려왔던 것이다.

그때, 기무결이 번개처럼 다가와 주먹을 휘둘렀다. 한쪽 손으로 풍형의 삼 단계를 일으켜 제갈기의 왼쪽 팔을 잘라낸 다음 화씨세가의 박투술로 주먹을 내지른 것이다. 분심쌍격의 위력이었다. 제갈기는 정신을 차릴 수 없었다. 기무결의 손에서 연이어 쏟아져 나오는 천하제일의 절기들에 숨조차 쉬지 못할 정도였다.

제갈기는 검을 휘둘러 막으려 했지만, 이미 그의 중심은 완벽하게 무너진 뒤였다.

'마, 막을 수 없다.'

설령 막는다 해도 기무결의 주먹에는 족히 십만 근의 힘이 실려 있었다.

사람이 만들어낼 수 있는 힘의 한계를 초월한 지 오래였다. 천하에 그 어떤 것도 이 무지막지한 힘에 버틸 만한 것이 있을 리 없었다.

제갈기는 두 눈을 감았다.

황당하게도 막는 걸 포기한 것이다.

그 누가 지금 제갈기의 상황을 생각이나 했겠는가?

하지만, 이는 명백한 현실이었다.

"안 돼!"

이를 지켜보던 남궁학과 일곱 명의 남궁세가의 장로가 비명을 지르며 달려들었지만, 그보다 먼저 기무결의 주먹이 제갈기의 심장을 으스러뜨렸다.

"크아악!"

사람들의 생각은 거의 대동소이하다.

비현실적인 일을 보면 사고가 정지된 듯 아무 생각도 떠오르지 않는다. 심지어는 현실을 부정하기까지 한다.

지금 남궁학이나 다른 사람들이 그랬다.

그들은 도무지 제갈기의 죽음을 곧이곧대로 받아들일 수 없었다.

'혹시 처음부터 자결하려고 작정하신 거 아닐까?'

그렇게밖에는 설명이 되지 않았다.

일검칠성진법이 얼마나 무서운 검법이며 진법인지는 누구보다 그들이 더 잘 알고 있는 일이었다.

때문에 기무결의 죽음을 믿어 의심치 않았고, 제갈기가 낭패한 기색이 역력한 상황에서도 굳이 나서지 않고 지켜보았던 것이다.

하지만 그런 생각이 얼마나 터무니없는 것인지를 깨닫기까지는 그리 오랜 시간이 걸리지 않았다.

처음 자신만만한 표정으로 덤벼들었던 남궁학과 일곱 명의 장로가 겨우 십여 초를 버티지 못하고 밀려나고 말았다.

뼈가 으스러진 사람도 있었고, 팔이 잘려져 나간 자도 있었다. 그들 모두 목숨이 경각에 달린 상황이었지만, 뒤늦게 뒤에서 지켜보던 자들이 일제히 달려든 덕분에 가까스로 위기를 모면할 수 있었다.

남궁학은 오른쪽 팔이 싹둑 잘려져 나갔다.

그는 고통과 치밀어 오르는 분노로 미칠 지경이었다.

무인에게 팔이 잘려져 나간 건 사형선고나 마찬가지였다.

하나 그보다 더 그를 화나게 만드는 것은 기무결이 철천지원수라는 것이었다.

그는 자신이 있었다.

솔직히 남궁학과 일곱 명의 장로가 기무결 한 명에게 합공을 펼쳤다는 사실이 알려지면 천하의 비웃음을 사고도 남을 일이었다.

어찌 그렇지 않겠는가?

그들 개개인의 능력이 천하를 뒤엎고도 남았다.

남궁학은 천하에 명성이 자자한 정천구룡이었다.

더구나 그런 그가 한 수 접어야 하는 존재가 바로 일곱 명의 장로였다.

제갈기가 백 년 전 천하제일의 고수였다면 남궁학과 일곱 명 장로의 합공은 그의 능력을 뛰어넘고도 남았다.

십 초 이내에 끝내지 못하면 망신도 이런 망신이 없다고 생각했다.

한데, 이게 웬걸?

십 초도 버티지 못하고 패한 건 기무결이 아니라 바로 그들이었다.

그 이후부터는 체면이고 뭐고 다 필요 없었다.

이놈은 인간이 아니라 괴물이었다.

그때부터 팔십여 명의 절세 고수는 조금도 망설이지 않고 합공을 펼쳐 기무결을 상대하기 시작했다.

이번에야말로 기무결을 무참하게 짓이겨 버릴 기회였다.

팔십여 명이 체면과 자존심을 다 버리고 우르르 달려들었으니 제아무리 날고 기는 재주가 있다 한들 시신의 형체조차 남기지 못하고 죽을 게 뻔했다.

아니, 과연 몇 초나 버틸 수 있을지 의문이었다.

어떤 자는 삼 초만 버텨내도 대단한 일이라고 생각했고, 어떤 자는 칠 초만 버텨내면 고금제일고수라 인정해 줄 생각이었다.

하지만…….

쾅! 우르르 쾅!

"크흑!"

"놈이 또다시 바람을 일으킨다."

"모두 피해."

"지금 미쳤소? 거리가 멀어지면 끝이야. 놈은 거리가 멀어지는 순간 바로 궁술로 우릴 공격할 거란 말이오."

"이런, 제길!"

벌써 이백 초가 넘어가고 있었다.

그사이 사람들은 끔찍한 악몽에 치를 떨어야 했다.

기무결은 사람들이 바짝 다가와 근접 싸움을 걸면 풍형의 삼 단계로 바람 속에 가공할 살기를 날려 보냈다. 사람들은 처음엔 한 줄기 바람이라 생각하고 방심했다가 십여 명이 죽고 다치고 나서야 단순한 바람이 아니라는 것을 깨달았다.

그다음부터는 근접 싸움을 걸어오는 것이 부담스러워 거리를 넓혔다.

하지만 그건 기무결이 기다리던 것이었다.

기무결은 즉각 신궁천품으로 강기로 만든 화살에 천무은형잠종대법의 천살마기를 더해 허공에서 방향을 자유자재로 바꾸었다.

피해는 더 심해졌다.

순식간에 이십 명 정도가 죽거나 다쳤다.

'으으.'

'괴물 같은 놈.'

사람들은 치를 떨었다.

세상에 이렇게 강한 자가 있으리라고는 꿈에도 생각한 적이 없었다.

두세 명이 달려들었다면 몇 초 버티지 못하고 죽었을 것이다. 열 명이라면 십여 초는 겨우 넘을 것 같았고, 이십 명이라면 삼십여 초 정도는 근근이 버틸 수 있었을 것이었다.

그나마 팔십여 명의 절세 고수가 안간힘을 쓰며 합공을 하는 덕에 공격도 하며 기무결과 대등하게 싸울 수 있었다. 그러던 것이 삼십여 명이 죽거나 부상으로 전력에서 이탈하자 조금씩 호흡이 거칠어지기 시작했다.

황당한 일이지만, 힘에 부쳤다.

이제 몇 초식이 얼마나 지나갔는지는 중요하지 않았다.

놈을 죽이지 못하면 그들이 죽을지도 몰랐다.

그들은 이를 악물었다.

무언가 선택을 내려야 할 시간이었다.

바람이 무서워 거리를 넓히면 그들에겐 아무런 승산도 없지만, 근접 싸움을 벌이면 위험부담은 높아도 최소한 그들에게도 한 번쯤 기회가 올 수도 있었다.

'다 같이 죽는 한이 있어도 반드시 저놈만큼은 죽이고 말 테다.'

그들의 눈빛이 악독하게 변하며 기무결의 품에 안겨 있는 영평공주를 쳐다보았다.

六

기무결의 상황도 그리 좋은 건 아니었다.

그의 온몸은 크고 작은 부상으로 가득했다.

공력의 흐름도 원활하지 않았다. 처음에 제갈기를 제거하지 못했다면 지금까지 버티지 못했을 것이었다. 더구나 품에 영평공주를 안고 있다 보니 움직임에 제약이 뒤따를 수밖에 없었다. 혹시라도 격전 중에 그녀가 다치거나 죽을지도 몰라 소극적으로 움직일 때도 있었다.

하지만 다행히 영평공주는 옷깃 하나 상한 곳이 없었다.

영평공주를 보호하기 위해 대신 부상을 입은 적도 있었다.

그래도 지금까지 적들은 최소한 영평공주를 일부러 공격한 적은 없었고, 기무결도 마음 놓고 적들과 싸울 수 있었다.

하나 어느 순간 그들의 눈빛이 악독하게 변하더니 모든 공격이 영평공주를 향해 쏟아지기 시작했다.

기무결은 손발이 어지러웠다.

그는 분심쌍격으로 한 손으로 적들의 공격을 막고 한 손으로 풍형을 일으켜 가공할 살기를 날려 보냈지만, 적들도 이판사판으로 덤벼들었다.

"크윽!"

"컥!"

몇 명의 적이 피를 토하고 나가떨어졌지만, 기무결도 한 차례 위기에 빠지고 말았다. 몇 자루의 검이 그의 등에 꽂혔던 것이다. 그의 옷은 순식간에 걸레가 되었다. 살갗이 찢어지고 피가 흘러나왔다. 그나마 마지막 순간에 천지기하천하무적공의 보법으로 몸을 피한 덕분에 피해를 최소한으로 줄일 수 있었다.

세상에 영원한 건 없다.

그토록 신비하고 표홀하던 보법도 공력의 흐름이 원활하지 못하자 민첩한 동작이 많이 약해져 있었다.

쐐애애액!

날카로운 파공성과 함께 적들의 공격이 또다시 영평공주를 향해 밀려들어 왔다.

그야말로 체면이나 자존심 따위는 신경 쓰지 않고 인해전술로 밀어붙이고 있었다. 자신들도 지치고 피곤했지만, 기무결 역시 지쳤다고 믿고 있었다.

'우리도 죽지만 네놈도 죽는다.'

그들은 숫자가 많다는 장점을 최대한 이용해 기무결이 잠시도 쉴 틈을 주지 않았다.

기무결은 호흡을 가다듬기도 전에 다시금 자세를 취해야만 했다.

하지만 갑자기 공력이 모이지 않았다.

단전이 텅 빈 듯 단 한 올의 공력도 느껴지지 않았다.

주화입마 현상은 아니었다. 단지 무리하게 공력을 쓴 탓에 완전히 방전이 되어버린 것이다. 이를 다 회복하기 위해서는 한 달 이상 운기행공을 해야 한다.

하나 지금 기무결에겐 단 일각도 기다릴 여유가 없었다.

'제, 제발……'

기무결은 천지기하천하무적공의 도형들을 떠올리며 적들의 공격을 피하기만이라도 할 생각이었지만, 그 마저도 여의치가 않았다.

이젠 피할 수도 없었다.

적들의 공격이 코앞까지 다가와 있었던 것이다.

기무결이 모든 것을 체념하고 어깨를 늘어뜨렸을 때였다.

갑자기 한 줄기 사이하면서도 따듯한 기운이 단전에서 솟구쳐 나오는 것이 아닌가?

그것이 천지기하천하무적공의 도형들과 반응을 하며 순식간에 온몸으로 퍼져 나갔다.

第五章
새로운 경지

一

    노자는 그릇이 비어야 음식을 담을 수 있고, 방이 비어야
방의 쓰임이 있다고 말했다.

    자고로 유지이위리 무지이위용(有之以爲利 無之以爲用)이라
했다.

    이는 있음의 이로움은 없음의 쓰임이 있기 때문이란 뜻으
로 그릇에 물이 꽉 차 있으면 넘쳐흐를 뿐, 새로운 것을 담을
수 없다.

    간결한 문장 속에 우주의 이치가 담겨 있었다.

    기무결이 겪고 있는 현상이 바로 이것과 비슷한 맥락이

었다.

그는 일전에 사령신단을 복용하고 기연을 얻어 신화경의 경지에 올랐지만, 그렇다고 사령신단이 완전히 녹은 건 아니었다.

그도 그럴 것이 그는 비정상적인 방법으로 사령신단의 기운을 흡수했다.

사령신단의 기운을 완벽하게 흡수하려면 단전이 가득 차 있으면 안 된다. 외부의 기운을 빨아들여 사령신단의 기운을 녹이는 것도 이와 일맥상통한다.

하지만 기무결의 단전은 이미 꽉 차 있었던 데다 그는 외부의 기운을 끌어들인 것이 아니라 천지기하천하무적공의 능력으로 사령신단의 기운을 흡수했던 것이다.

당연히 이미 단전이란 그릇에 여러 개의 기운이 꽉 차 있으니 사령신단의 기운이 온전히 흡수되었을 리 없었다.

그러던 것이 공력이 방전되어 단전이 텅 비자 그제야 흡수되지 않았던 것들이 꿈틀거리며 요동치기 시작했다.

처음에는 한 줄기 따듯한 기운이었을 뿐이었다.

하지만 이내 연못이 되고 다시 강물이 되더니 마침내는 거대한 바다가 되었다.

기무결의 단전에는 측량할 수 없는 거대한 기운이 꿈틀거리고 있었다.

그 힘은 가히 상상을 초월할 정도였다.

거기에 천살마기의 힘이 정상으로 회복이 되었다. 아니, 오히려 공력이 방전되기 전보다 더 강해져 있었다. 꽤 복잡해 보이지만, 알고 보면 간단한 이치였다. 이는 마른 장작에 불을 붙이면 활활 타오르듯 사령신단의 사황파천신공이 갑자기 강해지면서 마른 장작처럼 꺼져 있던 천살마기에 불을 붙여 준 격이었다.

물론 그 가교 역할을 한 것은 두말할 나위도 없이 천지기하 천하무적공이었다. 사황파천신공은 사파의 무공이고 천무은 형잠종대법의 천살마기는 마도의 무공. 그 성질이나 습성이 물과 기름처럼 전혀 달라 도저히 섞일 수 없었다.

그랬다.

천지기하천하무적공과 천무은형잠종대법, 그리고 사황파천신공.

이 세 개의 기운이 전혀 생각지 못한 상황에서 한 단계 성장하고 발전하며 기무결의 무공을 또 다른 경지로 끌어 올려 주었다.

기무결은 전혀 예상치 못한 상황에서 기연을 맞은 것이다.

보기에는 쉬워 보이지만, 모든 조건이 딱딱 맞아떨어져야 가능한 일이었다.

만약 기무결의 단전에 한 줄기 공력이라도 남아 있었다면 사령신단의 영단은 영원히 녹아들지 않았을 것이었다.

이는 생각처럼 그리 간단한 일이 아니었다.

이미 인간의 경지를 벗어난 기무결이 단전이 텅 빌 정도로 한계를 초월할 만큼 무리하게 공력을 쓸 일이 과연 있을까?

지금만 해도 그랬다.

기무결은 팔십 명이 넘는 절세 고수에게 합공을 당하고 있었지만, 영평공주를 안고 있지 않았다면 상황이 또 어떻게 달라졌을지 몰랐다. 또한 적들이 마지막 순간에 영평공주만 노리고 공격하지 않았다면 이렇게까지 무리하게 공력을 사용했을지도 의문이었다.

설명은 기나 모든 게 순식간에 벌어진 일이었다.

기무결은 자신의 몸속에서 벌어진 일을 제대로 파악할 여유도 없었다.

어느새 오십여 명의 적이 펼친 공세가 수백 수천 가닥의 강렬한 기류가 되어 영평공주를 덮쳐 왔던 것이다. 이젠 피하기에는 너무 늦었다.

불이 뜨거울수록 겉은 물론 안쪽까지 타게 마련이다.

지금 기무결이 그런 경우였다. 적들의 공세는 온통 영평공주를 향해 있었지만, 워낙 적들의 공세가 상상을 초월하다 보니 기무결 역시 무사할 수 없는 구조였다.

기무결은 모험을 걸었다.

피할 수 없다면 수백 수천 가닥의 기류에 맞서는 방법밖에 없었다.

그는 즉시 두 팔을 앞으로 쭉 내밀었다. 순간 그의 손바닥에서 바람이 강하게 소용돌이치며 적들을 향해 날아갔다.

쐐애애액!

풍형의 삼 단계였다.

하나 아까와는 전혀 달랐다.

바람에도 미풍이 있고, 태풍이 있다면 지금의 풍형은 가히 태풍이라 할 수 있었다.

듣는 것만으로도 소름이 돋을 정도로 무시무시했다.

하지만 오십여 명의 적은 코웃음 쳤다.

"흥!"

"이미 너무 늦었다."

풍형의 위력은 그들도 이미 몇 번이나 경험한 것이었지만, 무려 오십여 명의 절세 고수가 내쏟은 일격이었다.

아무리 가벼워도 천번지복의 위력이 담겨 있거늘, 하물며 그들은 전력을 다하지 않았던가?

오히려 그들은 기무결이 천지기하천하무적공의 보법으로 피해서 피해를 최소한으로 줄이는 것을 가장 경계하고 있었다.

'이놈이 우릴 도와주는구나!'

이건 누가 봐도 무모하기 짝이 없는 행동이었다.

어쩌면 기무결이 이성을 잃고 마지막 발악을 하고 있는지도 몰랐다.

아무튼 좋다.

이백 초 넘게 싸웠던 것도 드디어 끝장을 낼 때가 되었다고 생각했다.

그리고 그렇게 오십여 명이 만들어낸 수백 개의 기류와 기무결이 펼친 두 가닥의 태풍으로 변한 풍형이 허공에서 부딪쳤다.

二

쾅! 콰르르릉!

수십 개의 화탄이 일제히 터졌을 때의 소리가 이럴까?

귀청을 찢어발길 듯한 폭음과 함께 시야를 구분하기 어려울 만큼의 짙은 흙먼지가 하늘 높이 날아올랐다.

기무결의 신형이 주르륵 밀려났다.

상황이 상황이다 보니 이번만큼은 영평공주를 살펴주지 못했다. 영평공주는 충격을 이기지 못하고 혼절하고 말았다. 하지만 그녀는 혼절하면서도 기무결의 목에 두르고 있던 두 팔의 깍지를 풀지 않았다.

다행히 그렇게 했던 보람은 있었다.

수백 수천 가닥의 기류가 두 줄기 풍형에 막혀 산산조각으로 부서지고 말았다.

그건 평생 잊지 못할 악몽과도 같은 일이었다.

하지만 상황은 거기에서 끝난 것이 아니었다. 수백 수천 가닥의 기류를 집어삼킨 두 줄기 풍형이 오십여 명의 적을 덮쳐 갔다.

"큭!"

"으윽!"

짙은 흙먼지 밖으로 오십여 명의 신형이 주르륵 밀려 나왔다.

그들은 하나같이 낭패한 모습을 하고 있었다. 입고 있던 옷은 갈기갈기 찢어져 있어서 누더기나 마찬가지였다. 그리고 찢어진 옷자락 속에서 검붉은 피가 흘러나오고 있었다. 그들의 몸은 순식간에 피로 목욕을 한 듯 새빨갛게 변해 있었다.

머리카락은 봉두난발로 변했고, 수염은 싹뚝 잘려져 나갔다.

울커!

어떤 자는 참지 못하고 피를 토했다.

그들은 황당해서 말이 안 나올 지경이었다.

이건 인간의 힘이 아니었다.

방금 전까지만 해도 기무결의 힘은 이렇게까지 강하지 않았었다. 더구나 이백 초 넘게 싸운 지금은 공력이 바닥을 드러내야 정상인 것이다.

한데, 방금 그 힘에는 그들이 지금까지 그들이 겪었던 것 중에서 가장 강하고 무시무시한 위력이 담겨 있었다.

'서, 설마 지금까지 전력을 다해 싸운 것이 아니란 말인가?'

그때, 흙먼지가 서서히 걷히며 기무결의 모습이 나타났다.

안색이 조금 창백한 것을 제외하면 너무도 멀쩡한 모습이었다. 그렇게 싸웠는데도 호흡 하나 거칠어진 것이 없었다.

그들의 가슴이 또 한 번 철렁거렸다.

사람이라면 이럴 수는 없었다. 그들은 크고 작은 부상을 입은 데다 내상까지 당해 공력의 흐름이 원활하지 못했다. 게다가 이백 초 넘게 전력을 다해 싸웠더니 탈진하기 직전이었다. 그들이 이 지경이면 기무결은 열 번은 넘게 쓰러져도 전혀 이상할 것이 없었다.

공전절후!

그것으로도 설명이 부족했다.

"어떻게 죽여줄까? 한 명씩 뼈를 잘근잘근 잘라줄까, 아니면 한꺼번에 머리를 으스러뜨려 줄까?"

기무결이 한 손으로 혼절한 영평공주를 받쳐 들고 천천히 그들 앞으로 걸어갔다.

오십여 명의 적이 뒷걸음질 치며 뒤로 물러섰다. 황당하게도 복면 너머로 두려움이 전해지고 있었다.

남궁학은 이를 악물었다.

이대로 자신과 일곱 명의 장로가 죽으면 남궁세가의 대부분 절학이 끊어질 수도 있었다. 절학이 한 번 끊어진 세가는 다시 일어서기 어려운 법이다. 남궁세가에는 십준칠화라는 후기지수들이 있었지만, 그들을 기점으로 서서히 몰락할 터. 그 단적인 예가 바로 화씨세가가 아니던가? 남궁학은 죽음보다 더한 절망감에 빠지고 말았다.

"네, 네놈은 사도옥이 어디 있는지 궁금하지 않느냐?"

"그게 무슨 말이오?"

"거래를 하잔 말이다. 그는 네가 생각하지 못한 곳에서 네놈의 등 뒤를 노리고 있을 것이다."

남궁학이 무엇을 요구하는지는 듣지 않아도 뻔하다.

이곳에서 자신들을 무사히 보내주는 건 물론이고 앞으로 남궁세가에 그 어떤 보복도 하지 않겠다고 약속하라는 것이었다.

굴욕도 이런 굴욕이 없었다.

하지만 이미 기무결의 공전절후한 능력을 경험한 그는 이보다 더한 굴욕적인 조건을 내밀어서라도 살아남아야만

했다.

 살아남은 자만이 훗날을 기약하며 복수를 해도 할 수 있는 법이다.

 기무결도 목구멍에 가시가 걸린 듯 사도옥의 행방이 궁금하던 참이었다.

 하나 급할 건 전혀 없었다. 이미 주도권은 그에게 있었다.

 "그전에 가져간 책자부터 내놓으시지."

 "으음, 유감이군. 책자는 우리에게 없다."

 그건 사실이었다.

 아마 지금쯤이면 사도옥에게 전달되었을 것이었다.

 그들이 처음 책자를 영평공주의 손에서 빼앗는 순간 몇 명의 사람이 책자를 가지고 사당을 벗어났던 것이다.

 기무결은 거기까진 알지 못했다.

 그가 나타났을 때는 이미 그들은 사당을 완전히 벗어나고 난 뒤였으니까.

 영평공주가 알면 억장이 무너져 내릴 듯한 일이겠지만, 다행히 그녀는 혼절해 있었다.

 "그럼, 사도옥은 그 책자를 가지고 황실로 돌아가고 있겠군."

 "흐흐, 그건 아니다."

 "그래?"

남궁학이 거짓말하고 있는 것 같진 않았다.

하지만 그건 확실히 의외의 일이었다.

책자를 손에 넣으면 바로 황실로 돌아갈 줄 알았는데 그보다 급히 할 일이 있기라도 하단 말인가?

"흐흐, 어떠냐? 이 정도면 충분히 거래를 할 만하지 않느냐?"

일종의 배신이었다.

남궁학은 사도옥의 행방을 팔아 자신은 물론이고 남궁세가를 살리려 했다.

어기저기서 호통을 지르며 남궁학을 꾸짖는 소리가 들렸지만, 남궁학은 눈 하나 깜빡하지 않았다.

그의 표정은 자신감으로 가득했다.

기무결은 처음부터 사도옥의 행방을 궁금하게 여겼었다.

분명 책자를 손에 넣고서도 황실이 아닌 다른 곳으로 갔다는 것을 알게 된 이상 왠지 모를 불길한 기운에 휩싸여 있을 것이었다.

"흥!"

기무결이 코웃음 쳤다.

그의 안색은 살며시 굳어 있었다.

아까부터 뭔가에 억눌린 듯한 감정이 그의 기감에 느껴졌다.

불안과 초조, 그리고 공포와 두려움.

감정이 고스란히 전해지고 있었다.

거리는 대략 수십 리 떨어진 것 같았다.

기무결은 새로운 현상에 적잖이 당황했지만, 원래 신화경에 이른 그의 공력만큼이나 무시무시한 것이 그의 기감이었다.

한데 사령신단의 영단이 완전히 녹아들면서 더욱 발전한 것이다.

단순히 사람들의 대화가 들리는 것을 넘어서 이젠 사람의 감정까지 느낄 수 있었다.

그리고 그 감정의 주인이 남자인지 여자인지, 그리고 어떤 상황에 있는 것인지도 알 수 있었다.

'왕혜령의 것이다.'

기무결은 아차 싶었다.

왠지 익숙한 느낌의 감정이다 싶다 했더니 왕혜령의 것이었던 것이다.

왜 진작 그 생각을 하지 못했던 것일까?

사도옥은 단순히 무림의 세력들과 결탁한 것이 아니었다.

그는 감찰총국의 요원들을 동원해서 영평공주를 죽이려고 했다.

만약 이 사실이 알려지면 그와 감찰총국은 천하의 지탄을

면하기 어려울 것이었다. 그러니 당연하게도 이번 일에 연관된 자는 모조리 죽여서 증거를 인멸하려 할 터. 기무결 자신은 물론이고 왕혜령 역시 증거 인멸 대상인 것이다.

三

사람의 육감은 이래서 무서운 법이다.

마음속에서 불길한 느낌이 들었다면 십중팔구 안 좋은 일이 벌어지니 말이다.

사도옥이 없다는 것을 알고 찜찜한 기분이 든다고 생각되었을 때 조금 더 진지하게 고민했어야 했다.

기무결은 자신의 생각이 짧았음을 꾸짖었지만, 이미 물은 엎질러진 뒤였다.

그나마 다행인 것은 왕혜령이 아직 살아 있다는 것이었다.

물론 그녀의 감정이 불안과 공포, 초조와 두려움에 질려 있지만, 아직까지 살아 있는 것을 보면 사도옥은 곧장 죽일 생각은 없는 것 같았다.

'하긴, 누가 어디까지 알고 있는지 알아내는 것이 먼저이겠군.'

사도옥의 성격에 이번 일을 조금이라도 알고 있는 자들은 모조리 찾아내 죽이려 들 것이다.

백 명이면 백 명 모두, 그리고 몇 개의 세가가 관련되어 있다면 그 세가를 모두 제거할 것이었다.

사도옥은 아마 기무결 역시 이곳에서 반드시 죽을 거라 생각하고 있을 터.

그러니 입을 열 사람은 왕혜령밖에 없었다.

그렇다는 건 욕은 볼지언정 당장 죽지는 않을 거란 뜻이었다.

'그래도 네놈만큼은 용서가 안 된다.'

기무결은 지금까지 감찰총국의 추격을 피할 생각만 했었지만, 이제 굳이 그럴 필요가 없었다.

영평공주를 구해주면서 그는 자신의 의지와는 상관없이 황실의 일에 개입한 셈이었다.

그리고 그건 자신과 사도옥 중 어느 한쪽이 죽기 전에는 영원히 끝나지 않을 전쟁이라는 것도 알고 있었다.

'네놈은 반드시 내 손으로 죽인다.'

기무결도 집요한 성격이었다. 사도옥만큼이나 독한 성격이기도 했다.

그러니 그 숱한 난관에 부딪치고 벽에 막혔어도 포기하지 않고 끝까지 보물을 찾으려고 하는 게 아니겠는가?

그런 기무결이 이제 사도옥과 감찰총국을 노리기 시작했다.

과연 누가 이기고 질지는 하늘만이 알고 있는 일이겠지만, 사도옥은 앞으로 두 다리 쭉 뻗고 잘 수는 없을 것이었다.

물론 그전에 눈앞의 일을 해결하는 것이 먼저였다.

"유감이지만, 협상 같은 건 필요 없소."

"자, 잠깐!"

남궁학은 당황했다.

기무결의 입에서 거절의 말이 나오리라고는 정말 꿈에도 생각하지 못한 일이었다.

"네놈이 아직 사태의 심각성을 모르는 모양인데, 사도옥이 어디에 있는지 알면 네놈은 분명 생각이 바뀔 것이다."

"마음이 바뀔 일은 절대 없을 것 같소."

"네, 네놈과 같이 있던 계집이 위험한데도?"

"구차한 인간이군. 협상 같은 건 필요 없다지 않소? 남궁세가의 가주가 원래 이렇게 찌질한 자였나?"

"으으. 기무결, 네 이놈?"

남궁학은 복면을 쓰고 있음에도 불구하고 얼굴이 시뻘겋게 달아올랐다는 것이 확연하게 느껴질 정도로 분노했다.

그가 언제 이렇게까지 무시를 당하며 놀림을 받은 적이 있던가?

왠지 기무결은 사도옥이 어디서 무엇을 하고 있는지 알고 있는 눈치였다.

귀신이 곡할 노릇이었다.

하지만 기무결이 어떻게 알았는지는 이제 중요하지 않았다. 아무것도 모르고 협상을 제안한 남궁학만 웃음거리로 전락했다.

"기고만장하지 마라. 네놈의 무공이 강하다지만, 우리가 죽기를 각오하고 싸우면 네놈도 무사할 성싶으냐?"

협상이 통하지 않으니 이제 대놓고 협박이었다.

아마 처음이었다면 기무결도 꽤나 곤혹스러워했을 것이었다.

하나 지금은 눈 하나 깜빡하지 않았다.

기무결의 마음은 자신감으로 충만해 있었다. 새로운 경지는 그를 신의 세계로 인도했다. 천군만마에 둘러싸여도 두려울 것 같지 않았다. 도무지 질 것 같지 않았다. 설령 그들과 양패구상을 한다 해도 이곳에 있는 자들은 죽일 수 있으니 그것도 손해 보는 일은 아니었다.

"후후! 그래도 네놈들이 죽는다는 건 변하지 않지."

그는 혼절한 영평공주를 바닥에 내려놓았다. 영평공주는 여전히 정신을 차리지 못하고 있었지만, 그녀의 얼굴은 어느 때보다 평온했다.

기무결이 허리를 펴고 자리에서 일어났다.

지지징!

기무결의 손에 주변의 공기가 모이더니 활과 화살로 변했다.

그 위압감은 처음과는 비교할 수 없을 정도로 상상을 초월했다.

자고로 삭초제근이라 했다.

화근이 될 만한 것은 애초에 남겨두는 것이 아니다.

협상?

까는 소리다.

무림의 세계는 음모와 궤계가 판을 치고 온갖 더러운 술수가 난무하는 곳이다.

이곳에서 모든 은원을 해결하지 못하면 나중에는 더 큰 화를 불러온다는 것은 눈을 감고도 짐작할 수 있는 일이었다.

"한 놈도 살아 돌아갈 생각은 하지 마라."

차앗!

이번에는 기무결이 먼저 적들의 품으로 뛰어들었다.

그의 손에서 연신 신궁천품이 펼쳐지며 그렇게 죽음의 향연이 펼쳐지기 시작했다.

四

"으음."

영평공주가 정신을 차리고 자리에서 일어났다.

어리둥절한 표정으로 주변을 둘러보다가 흠칫 놀라 자신도 모르게 뒤로 몇 걸음 물러섰다. 그녀의 눈에 보이는 건 오직 피와 죽음뿐이었다. 지옥의 아귀도가 따로 없었다. 비릿한 피비린내에 헛구역질이 나올 지경이었다.

영평공주의 안색은 창백하게 변했지만, 그런 상황 속에서도 한 줄기 빛이 되고 위안이 되는 것도 있었다.

오직 한 사람.

기무결만이 굳건한 모습으로 자리에 서 있었다.

쏟아지는 달빛에 기무결의 얼굴이 환상처럼 빛나고 있었다. 영평공주는 한동안 넋을 잃고 기무결의 얼굴을 쳐다보았다.

먼저 말을 건 사람은 기무결이었다.

"정신을 차리셨군요. 몸은 괜찮습니까?"

"아! 저, 저보다는 공자님께서……."

영평공주는 지금까지 계속 기무결의 품에 안겨 있다 보니 자세한 것은 보이지 않았었다.

그러다 지금에서야 기무결의 상태가 한눈에 들어왔고, 영평공주는 미안하고 고마운 마음에 주르륵 눈물을 흘렸다. 오로지 자신을 살리려다 생긴 상처였다. 일국의 공주지만 지금 자신의 처지로는 아무것도 해줄 수 없어서 더 미안했다.

기무결은 긴장이 풀리고 끔찍한 고통이 밀려왔지만, 빙그레 웃어 보였다. 자신은 괜찮으니 너무 걱정하지 말라는 뜻이었다.

무려 오십여 명과의 혈투는 이각도 넘게 지속이 되었다.

하늘도 놀라고 땅도 놀랄 만한 일이었다.

기무결의 몸에는 수십 개의 상처가 더 생겨났지만, 끝내 마지막 한 명 남은 자의 숨통마저 완전히 끊어놓을 수 있었다.

"그나저나 책자는 찾지 못했습니다. 놈들 중 일부가 책자를 손에 넣은 즉시 사도옥에게 간 것 같습니다."

"아!"

영평공주의 얼굴이 딱딱하게 굳어졌다.

그녀의 눈에서는 금방이라도 눈물이 쏟아져 나올 것 같았다.

책자가 사도옥의 손에 들어갔다면 이제 그녀와 황제는 물론이고 지금의 황실은 끝장이 날 것이었다. 반역의 기류가 더욱 거세질 것이었고, 곳곳에서 역모가 일어날 것은 자명한 일. 이제 곧 아비규환으로 변할 황실을 떠올리며 온몸을 부들부들 떨었다.

'이제 모든 게 다 끝났어.'

어디 그뿐인가?

세상이 그녀와 황실을 비웃을 것이다.

천박한 피를 가지고 태어난 주제에 황제가 되었다며 온갖 비난과 저주가 퍼부어질 것이었다. 노인은 물론이고 어린아이들과 지체 높은 고관대작에서부터 천한 신분의 백정들까지.

어쩌면 영평공주는 그게 더 고통스러운지도 몰랐다.

이건 단순히 육신만 죽는 게 아니라 정신과 영혼까지 말살시키는 것이었다.

차라리 가난해도 중원의 피를 지니고 태어났다면 이렇게까지 벼랑 끝에 내몰리진 않았을 것이었다. 그녀는 중원의 입장에서 말하면 오랑캐 민족의 피를 지닌 것이다. 그것이 폐쇄적인 중원인들에겐 절대 용납할 수 없는 일이었다.

五.

기무결은 영평공주의 반응이 쉽게 이해가 가지 않았다.

도대체 무슨 책이기에 그것이 감찰총국의 손에 들어가면 안 되는 것일까?

그동안은 호기심이 일었어도 묻지 않았다. 굳이 황실의 일에 개입하고 싶지 않았기 때문에 애써 모른 척하고 있었다.

하지만 이젠 궁금해서라도 황실의 일에 개입하고 싶어질 정도였다.

"공주님께 묻고 싶은 것이 있습니다. 도대체 그 책자가 무엇이기에 사도옥은 물론이고 정파의 무림까지 이러는 것입니까?"

"그, 그건……."

"지금 이 상황에서 숨긴다고 해결될 일이 아니지 않습니까?"

"그, 그런 게 아니에요."

영평공주는 갈등했다.

무엇보다 기무결이 사실을 알고 자신을 더러운 눈으로 쳐다볼까 그게 더 두려웠던 것이다.

하나 그녀는 오래지 않아 깊은 한숨을 내쉬었다.

지금 자신이 말하지 않아도 조만간에 사도옥의 손에 모든 비밀이 폭로될 터. 그녀는 부들부들 떨리는 입술로 겨우 말을 이었다.

"그, 그건……."

그녀의 음성은 말하는 내내 심하게 떨렸다.

두 눈빛은 절망에 차 있었고, 얼굴은 수치심과 부끄러움으로 가득했다.

마지막 순간에는 두 눈을 질끈 감았다.

기무결이 자신을 이상한 눈빛으로 쳐다볼 것이 두려워 감히 두 눈을 마주 볼 용기가 나지 않았던 것이다.

하지만, 이게 웬걸?

기무결은 어이가 없어서 제대로 말을 잇지 못했다.

"그, 그러니까 지금 겨우 그것 때문에 이 사달이 벌어졌단 말입니까?"

어안이 벙벙하긴 영평공주도 마찬가지였다.

그녀가 생각했던 반응과는 너무 달랐다.

그녀는 혹시 기무결이 잘못 들었나 싶어 다시 한 번 말해 주었다.

"공자님도 제가 더러운 계집이라 느껴지겠죠?"

"나 참, 그게 뭐 그리 대단한 일이라고."

중대하다면 정말 중대한 일일 수도 있겠지만, 기무결에게는 길가에 버려진 돌멩이만큼이나 쓸데없는 일이었다. 황실의 주인이 바뀐다고 세상이 달라지는 것도 아니었다. 따지고 보면 밥 먹고 할 일 없는 인간들이나 핏줄 운운하지 일반 백성들은 먹고 살기 바빠서 그런 거 신경 쓸 여유가 없었다.

'아니지. 나라의 근간을 이루는 것이 적통성이다. 지금 그게 무너진 것이 아닌가? 더구나 원나라를 몰아낸 것이 얼마나 되었다고 이런 일을 용납하겠는가?

일면으로는 감찰총국이 영평공주를 죽이면서까지 책자를 손에 넣으려는 것이 이해가 된다.

더구나 정파의 무림까지 가세해서 반역의 편에 섰다면 사태는 기무결의 생각보다 더 심각하단 뜻이었다.

그때, 문득 번쩍하고 떠오르는 것이 있었다.

'혹시 이것이 화은설을 죽이려는 것과 관련이 있는 것일까?'

아직 단언할 수는 없지만, 가능성이 아예 없는 것도 아니었다.

적어도 기무결의 육감은 충분히 가능성이 있다고 말해주고 있었다.

그렇다면 화은설을 죽이려는 것과 황실의 사건 사이에 접전은 무엇일까?

딱 하나 나오는 것이 있었다.

바로 십여 년 전에 괴이한 행동을 하다 죽은 화진악이었다.

'흐음, 당시 무림맹의 맹주는 화진악이었으니 황실의 그 누군가 무림의 세력을 포섭하려 했다면 당연히 화진악에게 제안을 했을 터. 하지만 화진악이 거절을 하자 황실의 그 누군가는 무림맹의 다른 사람과 손을 잡고 화진악을 제거하려 했겠군.'

뭔가 딱딱 맞아떨어지는 듯한 기분이었다.

놀랍게도 기무결은 화은설을 도와 여러 사건을 해결할 때부터 지금 영평공주를 도와준 것까지 똑같은 적들을 상대한 것이다.

기무결은 어이가 없다 못해 황당할 지경이었다.

무림맹에서부터 동영의 인자와 풍운산장의 간세, 그리고 범죄 자문 책사와 황실의 일까지.

모든 사건이 하나로 관통하고 있었다.

'빌어먹을. 만에 하나 범죄 자문 책사까지 관련이 있다면 변황삼패는 어찌 되는 것인가?'

기무결은 점점 머리가 지끈거려 왔다.

이건 도무지 설명이 되지 않았다.

무림맹과 변황삼패.

그들은 물과 기름처럼 도저히 섞일 수 없는 관계였다.

하지만 풍운산장의 간세와 범죄 자문 책사가 연관이 있는 이상 변황삼패 역시 혐의를 벗긴 어려울 것이었다.

문제는 또 있었다.

지난 십여 년 동안 묻혀 있던 사건이 왜 갑자기 수면 위로 튀어나와 화은설을 죽이려고 하느냐는 것이었다.

'어쩌면 화은설에게 당시 사건의 비밀을 풀 수 있는 열쇠가 있는 것이 아닐까?'

그럴지도 몰랐다.

그렇다면 화은설도 아직 모르고 있을 가능성이 높았다.

기무결은 갑자기 마음이 급해졌다.

그 증거를 적들의 손에 빼앗기면 무림맹 안에 숨어 있는 배후 세력을 완전히 알아낼 방법을 놓치기 때문이었다. 무림맹은 수많은 문파가 모여서 만들어진 정파무림 총연맹체였다. 이는 무림맹 일부가 개입되어 있을 수도 있고, 대다수가 개입되어 있을 수도 있다는 뜻이었다.

그건 곧 화은설의 목숨이 언제든 위험한 처지에 놓일 수 있다는 소리.

어쩌면 지금도 시시각각 그녀의 목숨을 노리고 마수가 다가오고 있는지도 몰랐다.

그렇게 시작되고 있었다.

천하의 운명을 건 단 한 번의 도박은 한 사람의 결심에서 비롯된 일이었다.

第六章
상단 사냥꾼

태양이 중천에 떠 있는 시각.

제갈무외의 집무실에 정천구룡이 모여 있었다.

분위기는 무거웠고, 표정은 심각하기 그지없었다. 누구도 입을 여는 사람이 없어서 한동안 침묵만이 이어지고 있었다.

─일초무적자가 이번엔 마황칠패 중 만검비와 육정수의 합공을 가볍게 물리치고 절체절명의 위기에 빠진 천왕세가를 구해주었다.

소문은 일파만파 퍼져 나갔다.

사람들은 경악했고, 어디서부터 어디까지를 믿어야 할지 몰랐다.

마황칠패는 명성공히 마도무림 최고의 고수들이었다. 정천구룡조차도 그들을 상대로 승패를 함부로 논할 수 없었다. 설령 그들을 이길 수 있다고 해도 그건 수백 초 이상 싸우다 간신히 승기를 잡을 수 있을 뿐이지 기무결처럼 두 사람의 합공은 꿈도 꿀 수 없었다. 하물며 가볍게 물리치는 건 아예 불가능한 일이었다.

'도대체 이런 괴물이 어디서 갑자기 뚝 떨어진 것이지?'

이젠 누구도 기무결을 화씨세가의 전인으로 생각하는 사람이 없었다. 다만 그가 화씨세가와 약간의 인연이 있어서 박투술을 배운 것 정도로 인식하고 있었다.

문제는 기무결과 화은설의 관계였다.

정천구룡은 이제 화은설을 죽이려던 계획을 다시 생각해야 할 판이었다.

황당하게도 화은설의 뒤에 있는 기무결의 존재가 껄끄러웠던 것이다.

천하에 그 누가 이런 사실을 믿으려 하겠는가?

정천구룡이 겨우 한 사람을 부담스러워한다?

열이면 열 모두 거짓말이라고 생각할 것이었다.

하지만 기무결은 일 년도 안 된 사이에 무수히 많은 신화와 전설을 써 내려가고 있었다. 그가 이룬 업적은 어지간한 사람조차도 평생을 걸려도 하기 어려운 것들이었다.

"아무래도 동영의 인자들을 전멸시킨 사람은 화은설이 아니라 기무결인 것 같소."

"그렇겠지. 처음부터 화은설이 동영의 인자들을 전멸시켰다고 했을 때 뭔가 이상하다 싶었소."

"그렇다면 인신매매단을 때려잡은 것도 기무결일 가능성이 높겠군."

기무결을 화은설의 전용 마부라고 생각하고 처음부터 주목하지 않았던 것이 실수라면 실수였다. 덕분에 화은설은 월반을 거듭해서 이제 졸업 과정을 듣고 있는 중이었다.

"맹주께서 기무결의 뒷조사를 한다고 하지 않았소?"

이미 기무결이 천무서원에 들어올 때 작성했던 이력서가 위조되었다는 사실은 알고 있는 일이었다.

사람들은 기대 어린 표정으로 제갈무외를 쳐다보았다.

하지만 제갈무외는 가볍게 고개를 흔들었다. 생각처럼 일이 쉽게 풀리지 않았다는 뜻이었다.

사실 추면객 화영에게 일을 부탁할 때만 해도 결정적 증거를 찾을 수 있을 줄 알았었다. 일단 기무결을 무림맹에서 쫓아내 화은설과 떨어뜨리는 것이 먼저였다. 운이 좋아 기무결을 무림의 공적으로 만들면 금상첨화일 것이었다.

충분히 가능한 일이라 생각했다.

천무서원에 제출한 서류가 모두 위조된 것이라 기무결의 출신 배경에 뭔가 있을 것이라고 굳게 믿고 있었던 것이다.

하나 기대가 크면 실망도 크다고 했던가?

화영은 남경에 갔다 며칠 전에 돌아왔는데, 가져온 정보는 별다른 것이 없었다.

—언제부터 남경에서 살게 된 건지는 확실하지 않음. 단지 꽤 오래전부터 산속에서 혼자 나무를 하며 살아왔고 가끔 생필품이 필요할 때만 마을에 내려갔음. 자주 어울리는 사람도 없거니와 특별한 추억이 될 만한 장소도 없음.

대략 이 정도가 화영이 알아낸 기무결의 신상 내력의 전부였다.

천하의 추면객 화영이 한 일 치고는 초라할 정도로 빈약한 것이었다.

제갈무외는 오직 화영만 믿고 있다가 그만 발등을 찍힌 격이었다.

당시에는 고아도 많고 이곳저곳 떠돌아다니는 자도 많아서 어찌 보면 그리 이상할 게 없지만, 문제는 상대가 당금 천하무림을 뜨겁게 진동하고 있는 기무결이라는 것이었다.

"어이가 없군. 혹시 탐문조사는 해보았나?"

"그야 여부가 있겠습니까? 기무결이 생필품을 샀던 가게 주인도 만나보았고, 나무를 팔았다는 시장에 가서 확인도 했습니다만 그들 모두 한결같은 증언을 했습니다."

추면객 화영.

그는 느낌으로 지금 자신이 조사한 신상 명세에 문제가 있다는 것을 알고 있었다.

하지만 아무리 파고들어도 완벽해서 아무런 허점도 찾을 수 없었다.

어찌 그렇지 않겠는가?

이미 그의 움직임을 읽고 기무결이 한발 먼저 뇌강을 시켜 자신의 신상 명세를 모조리 바꾸어 버렸으니 말이다.

화영은 이를 악물었다.

언제 신상 명세를 바꿔치기했는지는 몰라도 정말 대단한 능력이었다.

천하의 그가 제대로 한 방 먹은 셈이었지만, 그걸 입증할 방법도 없으니 완패도 이런 완패가 없었다.

'놈은 문서를 자유자재로 위조할 수 있는 능력자에다 신상 명세까지 바꿔치기할 정도의 고수란 말인가?'

자존심에 상처 입은 맹수는 더욱 사나워지게 마련이다.

이대로 물러설 화영이 아니었다. 한 번 물면 죽는 일이 있어도 놓지 않는 추면객 화영의 성격이 발휘되는 순간이었다.

아무튼 뒷조사로 기무결을 내치려던 계획은 전면 수정을 가할 수밖에 없었다.

그래서 제갈무외는 더 골치가 아팠다.

이젠 딱히 방법이 떠오르지 않았다. 기무결이 든든히 버티고 있는 이상 무슨 수로 화은설을 제거한단 말인가?

"다들 무슨 좋은 방법이 없겠소?"

이번엔 제갈무외가 다른 사람들을 돌아보며 조언을 구했다.

기무결이 무림맹을 떠나 있는 지금이 화은설을 제거할 수 있는 절호의 기회였다.

하지만 무림맹 안에서는 화은설을 죽일 수 없다는 게 문제였다. 그렇다고 겨울방학까지 기다려 화은설을 밖으로 유인하기에는 시간이 너무 촉박했다.

"차라리 전략을 바꾸는 것이 어땠겠소?"

그렇게 말하는 자는 황보세가의 가주인 황보명이었다.

그는 무공도 뛰어나지만, 상계에도 제법 능력이 뛰어나서 무림맹의 사업처 등을 관리하는 일을 맡고 있었다.

"좋은 방법이라도 있는 게요?"

"화씨세가는 수년째 자금난에 허덕여 오지 않았소이까? 최근에도 어찌어찌 자금난을 해결해서 겨우 위기를 모면한 것으로 알고 있소. 이걸 잘만 이용하면 화씨세가의 본가를 없앨 수 있을 것이오."

"화씨세가의 본가를 없애서 무엇에 쓴단 말이오?"

"자고로 집이 없으면 돌아갈 곳이 없게 마련이오. 그러니까 화은설이 돌아갈 곳을 아예 없애 버리자는 말이오."

"으음."

듣고 보니 일리가 있었다.

"그리고 본가에 문제가 생기면 학기 도중에라도 집으로 돌아가려 하지 않겠소?"

"아!"

여기저기서 탄성이 터져 나왔다.

드디어 화은설을 밖으로 유인할 방법을 생각한 것이다.

물론 기무결이 돌아오기 전에 해결해야 한다. 화씨세가의 본가를 없애는 것도 그리 간단한 일은 아니었다.

하나 황보명은 그것에도 충분한 대비책이 있었다.

"이모백에게 부탁을 하면 단시간 안에 아주 효과적으로 없애줄 것이오."

"그자라면 상난 사냥꾼이 아니오?"

사람들이 황당한 표정으로 서로의 얼굴을 쳐다보았다.

이모백.

그는 부동산 사기는 기본이고 멀쩡한 상단을 위기에 빠뜨려 가격을 떨어뜨린 다음 헐값에 사들이는 것으로 악명이 자자한 자였다.

하지만 악명만큼이나 능력이 뛰어나 천하에서 가장 돈이 많은 사람 중에 한 명이었다.

때문에 그의 표적에 들어오면 그 어떤 상단이나 전장이든 살아남기 어려웠다. 세상에 돈을 퍼부어서 안 될 일은 없었다.

그런 그에게도 철칙이 하나 있었다.

절대 무림의 세력이 조금이라도 얽힌 곳은 건드리지 않았다.

"설마 지금 부동산 사기라도 치자는 말이오?"

"화씨세가의 본가를 없앨 수만 있다면 부동산 사기가 대수요?"

"흐음."

"게다가 기무결이 무림맹을 떠나 있는 지금 화은설을 밖으로 유인할 방법은 그것밖에 없소."

제갈무외를 비롯한 다른 사람들이 고개를 끄덕였다.

이모백에게 철칙이 있다고는 하지만, 그건 정천구룡이 용인해 주면 그만인 일이었다.

부동산 사기.

이는 그들과는 전혀 어울리지 않는 일이지만, 따지고 보면 이것보다 더 깔끔하게 화은설과 화씨세가를 제거할 수 있는 방법도 없었다.

이모백이 나서만 준다면 화씨세가는 완전히 공중분해되어 사라져 버릴 것이었다.

자금난에 허덕이는 화씨세가가 막강한 자금을 앞세운 이모백을 이겨낼 리 없었다. 더구나 상단 사냥꾼으로 악명이 자자한 그에게 부동산 사기는 전공 분야와도 같았다. 이는 설령 기무결이 도와준다 해도 버텨낼 수 없을 것이었다.

'이번에야말로 화은설을 제거할 수 있겠군.'

그들의 안색이 드디어 환하게 밝아졌다.

이젠 확신할 수 있었다. 그동안 목에 가시처럼 그들을 괴롭히던 화은설과 화씨세가는 이것으로 끝이었다. 더 이상 희망은 존재할 수 없었다.

참으로 질기고도 질긴 악연이었다.

화진악이 회주의 제안을 받아들이지 않고 외면했을 때까지 거슬러 올라가면 십삼 년이 지난 일이었다.

二

"차앗!"

"얍!"

비무대 위에서 두 개의 그림자가 뒤엉켜 대결을 벌이고 있었다.

이제 완연한 가을이었다.

천무서원에서는 해마다 이맘때면 비무를 열고 그동안 배운 것들을 시험하곤 한다.

그건 올해도 예외는 아니었다.

원생들의 표정은 너무도 진지했다. 비무가 삼분기 성적에 반영이 되기 때문에 원생들은 일초 일식에 희비가 엇갈렸다.

그때, 비무대 위에 있던 인영들의 움직임이 급박하게 돌아갔다.

서로 뒤엉켜 치열하게 초수를 주고받던 것이 일순간 어느 한쪽으로 승부의 추가 기울기 시작했다.

상대의 얼굴에 식은땀으로 가득했다.

허허실실.

어느 것을 막고 어느 것을 흘려보내야 할지 도무지 감을 잡을 수 없었다.

원래 화씨세가의 무공이 그런 줄은 알고 있었지만, 이건 생각보다 더 위협적이었다.

이것도 허초 같고 저것도 허초 같았다. 그렇게 제대로 대응할 방법을 찾지 못한 채 잠시 갈등하는 사이 그의 목에 차가운 검이 다가왔다.

"아!"

완패였다.

그의 얼굴이 흑빛으로 변했다.

이번 비무만큼은 결승까지 올라갈 자신이 있었다.

세가에서도 그에게 거는 기대가 남달랐다. 그도 그럴 것이
그는 이번 여름에 은밀하게 영약을 복용해 공력이 이십 년 이
상 급증했기 때문이었다.

그래서일까?

예선부터 팔 강까지 파죽지세의 기세로 올라왔다.

그의 대진운은 최악이었다. 우승 후보들이 연달아 포진해
있어서 예선을 통과하는 것도 장담하기 어려웠다. 한데 공력
이 높아지다 보니 그전에 구사하지 못했던 절기들을 마음껏
펼칠 수 있었고, 그 덕분에 그는 우승 후보들을 연이어 격파
하는 파란을 연출하며 강력한 우승 후보로 부상했던 것이다.

그에 비해 팔 강전은 쉬어가는 대목으로 여겼다.

그도 그럴 것이 상대가 바로 화은설이었기 때문이었다.

물론 화은설이 신창양가장에서 벌어진 열 번의 비무에서
서문위걸을 꺾는 이변을 연출한 적이 있었다.

서문위걸은 누구나 인정하는 서문세가의 후기지수였다.

호북성에서 불패신성으로 불리고 있으며 수십 번의 크고

작은 싸움에서 한 번도 져본 적이 없는 강자였다.

한데 그가 화은설의 생사지회에 막혀 처음으로 패배를 맛본 것이다.

일각에서는 서문위걸이 방심하다 일격을 당한 것이라 생각했지만, 어떤 자들은 화은설이 박투술을 쓴 것이 아니라 검술을 사용한 것에 주목했다.

화씨세가의 무공이 박투술이라는 것은 천하가 다 아는 일이었다.

검술에는 그리 조예가 깊지 못했고, 그 명맥도 화진악이 갑작스럽게 죽으면서 대부분 절전되지 않았던가?

그렇다면 서문위걸이 방심했다는 핑계는 통하지 않았다.

그리고 그건 이번 비무 대회에 임하는 원생들도 충분히 감안하고 있던 일이었다.

하지만 연이어 우승 후보를 격파하고 팔 강까지 올라온 그에게는 그리 대수로운 일이 아니었다. 그는 자신감으로 가득차 있었고, 서문위걸의 무공이 아무리 뛰어나도 천무서원에서 우승 후보로 꼽히는 자들보다는 한 수 아래라 생각했다.

'화씨세가의 무공이 이 정도였단 말인가?'

그는 강력한 공력을 앞세워 화은설을 초반에 무너뜨리려고 했지만, 오히려 화은설의 공력에 밀려 변변한 대응 한 번못 해보고 패하고 말았다.

망연자실.

그가 믿기지 않는 현실에 멍하니 있을 때 누군가의 목소리가 울려 퍼졌다.

"화은설, 승!"

와와!

비무대 밑에 있던 원생들이 놀랍다는 표정으로 함성을 질러댔다.

그들 모두 화은설의 패배를 예상한 것 같았다.

"양보해 줘서 고마워요."

화은설이 정중하게 기수식을 취한 다음 비무대 밑으로 내려왔다.

그런 그녀의 자세는 한결 더 가볍고 견고하게 변해 있었다.

그럴 수밖에 없었다.

그녀는 기무결에게 천지기하천하무적공을 배운 이후 하루가 다르게 공력이 높아지고 있었다. 이젠 그 누구에게도 공력으로 밀릴 것 같지 않았다. 게다가 기무결이 가르쳐 준 보법은 또 어떤가? 그 현란하면서도 표홀한 움직임은 상상을 초월할 정도로 엄청난 것이었다.

화은실은 이것이 화씨세가의 무공이 아니라는 것을 알고 있었다.

하지만 놀랍게도 화씨세가의 박투술이나 검법과 절묘하게

조화를 이루어서, 마치 본래 화씨세가의 무공이었는데 오래 전에 명맥이 끊긴 것 중 하나인 것 같은 착각이 들 정도였다.

그녀가 어찌 알겠는가?

천지기하천하무적공은 그 어떤 무공에도 조화를 이루어 위력을 몇 배로 높여준다는 사실을 말이다. 덕분에 그녀는 아무 거부감 없이 천지기하천하무적공을 수련할 수 있었고, 그녀의 화후는 불과 몇 개월 전 서문위걸과 싸울 때와는 비교할 수 없을 정도로 발전한 상태였다.

사 강 대진은 이것으로 모두 결정이 되었다.

화은설의 다음 상대는 공교롭게도 제갈사란이었다.

작년 비무대회 때엔 제갈사란의 손에 패해 예선에서 탈락했던 아픔이 있었다.

三

제갈사란은 전통의 강자라 할 수 있었다.

그녀는 매년 준결승까지 올라오곤 했다. 작년에는 결승까지 올라갔지만, 학인준의 봉무비룡필법에 막혀 아쉽게 준우승에 만족해야 했었다. 올해도 예외는 아니었다. 그녀는 예선에서 팔 강까지 단 한 번도 오십 초 이상을 넘긴 적이 없었다.

그야말로 압도적인 비무였다.

공력이면 공력, 초식이면 초식, 신법이면 신법.

모든 면에서 작년보다 괄목할 만한 성장을 이뤄냈다.

그녀는 내심 올해엔 우승을 노리고 있었다. 설령 결승에서 학인준의 봉무비룡필법을 만나도 두렵지 않았다. 그도 그럴 것이 그녀는 지난 일 년 동안 일검칠성진법에 매진해서 사성의 성취를 이룰 수 있었다.

이제 고작 사성에 불과했다.

진법을 만들어내는 것도 아직은 불완전한데다 실전으로 써먹기에는 여러모로 부족한 것이 사실이었다.

하지만 많이도 필요치 않았다.

그녀는 딱 한 번, 오직 결승전만 생각하고 아직까지 일검칠성진법을 봉인해 두고 있었다.

하나 제갈사란은 결승에 오르기도 전에 생각지도 못했던 상황에 직면하고 말았다. 그녀는 준결승이 시작된 이후로 이렇다 할 공격 한 번 펼치지 못하고 있었다.

일단 공력에서 일방적으로 밀렸다. 힘의 차이가 너무 뚜렷하다 보니 제갈사란은 화은설 가까이 다가가는 것도 버거웠다.

전혀 생각 못한 일에 당혹스러울 정도였다.

제갈사란은 자존심이 상했지만, 무공은 공력만이 전부가

아니었다. 초식의 화려함이나 우위로 공력의 열세를 충분히 만회할 수 있다. 또한 보법이나 신법의 우위를 통해서도 공력의 열세를 극복할 수 있는 것이다.

삭삭!

제갈사란은 천변만화한 수법으로 화은설을 상대하기 시작했다.

그에 반해 화은설은 박투술을 전개했다. 하지만 그건 이미 기존에 알려진 화씨세가 고유의 박투술이 아니었다.

예전 기무결은 초식의 순서를 바꾸어 그 위력을 높인 적이 있었다.

원래 화씨세가의 박투술은 방어를 하면 반드시 공격을 하게 되어 있었다.

하지만 상황에 따라 방어를 한 다음 다시 피하고 그다음에 공격을 하면 위력이 배가 된다는 것을 알아낸 것이다. 아주 단순해 보이지만, 지금 제갈사란이 느끼는 심적 압박감이란 이루 말할 수 없을 정도로 엄청난 것이었다.

더구나 화은설은 천지기하천하무적공을 배워 공력이 수십 년은 높아진 상태였다. 강력한 공력 위에 펼쳐지는 박투술의 위력이란 상상을 초월할 정도였다.

四

제갈사란은 또다시 몇 걸음 뒤로 밀려나고 말았다. 천변만화한 수법으로 공력의 열세를 만회하려 했지만, 초식에서도 별다른 우위를 점하지 못했다.

주르륵!

제갈사란의 등 뒤로 식은땀이 흘러내렸다.

이제 남은 건 일검칠성진법밖에 없었다.

한편, 비무대 아래에서 지켜보던 사람들은 의외의 장면에 다들 넋을 잃고 말았다.

제갈사란의 일방적인 약세는 누구도 예상하지 못한 일이었다.

'화은설의 무공이 저렇게 강했었나?

아무리 봐도 화씨세가의 박투술 같으면서도 또 뭔가 달랐다. 안목이 남다른 사람은 그 미묘한 차이가 결국 제갈사란을 압도하고 있다는 것을 느끼고 있었다.

학인준은 심각한 표정으로 두 사람의 비무를 지켜보고 있었다.

그는 이번에도 준결승에 안착했고, 무난히 결승에 올라갈 것으로 예상되고 있었다.

결승에서 화은설을 만나면 자신 역시 상당히 고전할 것 같았다. 당시 기무결은 단순히 초식의 순서를 바꾸었을 뿐이지만, 그것이 천의무봉할 정도로 공수에서 완벽하게 다듬어진 것이다. 학인준은 머릿속으로 파훼법을 찾아보았지만 적절한 방법이 떠오르지 않았다.

'그야말로 완벽하다. 십여 년 전 화씨세가의 명성이 천하를 진동할 때의 모습이 저랬을까?'

화진악이 죽은 이후 화씨세가의 절기 대부분이 끊어진 건 천하가 아는 일이었다.

그래서 학인준은 십여 년 전의 화씨세가의 모습이 어땠는지는 알 수 없었다.

하나 당시 화씨세가의 박투술이 아무리 고명하다 해도 왠지 지금보다 더 강할 것 같진 않았다.

바로 그때였다.

비무대 위 풍경이 급박하게 돌아갔다.

제갈사란이 철저히 봉인해 두었던 비장의 한 수였던 일검칠성진법을 펼쳐 화은설을 진법 안에 가두었던 것이다.

"앗!"

화은설은 소스라치게 놀랐다.

멀쩡하던 하늘에서 난데없이 천둥 번개가 내리치더니 그녀의 눈앞에 광활한 사막이 펼쳐졌던 것이다.

그녀는 문득 자신이 진법에 갇혔다는 것을 깨달았다.

그리고 천하에 이렇게 할 수 있는 무공은 오직 하나.

제갈세가의 일검칠성진법밖에 없었다.

화은설은 놀랍고 분했지만, 이미 걸려든 이상 다른 방법이 없었다.

아직 그 누구도 일검칠성진법의 파훼법을 찾아내지 못한 상태였다. 유일한 방법은 진법에 걸리기 전에 빠져나오는 것뿐이었다.

화은설은 모든 것이 끝났다고 생각했다.

이제 조금만 더 몰아붙이면 작년의 복수를 할 수 있는 상황이었기에 더 분하고 억울했다.

하지만 제갈사란이 펼친 일검칠성진법은 완벽한 것이 아니었다. 곳곳에 틈이 있었지만, 화은설이 아직 경험이 부족해서 미처 발견하지 못했을 뿐이었다. 하나 천지기하천하무적공이 곧바로 반응을 보이며 불안전한 곳을 파고들었다.

화은설은 소스라치게 놀랐다.

자신의 의지와는 상관없이 그녀의 몸이 갑자기 술에 취한 사람처럼 이리 비틀, 저리 비틀대는 것이 아닌가?

사막의 모습이 사라지고 비무대의 모습이 나타났다.

순식간에 일검칠성진법을 빠져나온 것이다. 기적이나 다름없었다. 화은설은 세상에서 이토록 신묘한 보법이 또 있을까 싶었다.

제갈사란은 혼백이 달아날 지경이었다.

그녀는 화은설이 진법에서 빠져나올 줄은 꿈에도 생각하지 못했다.

이가 득득 갈렸다. 그녀는 촘촘하게 검로를 그려 화은설을 공격했다.

하늘에서 쏟아지는 빗줄기마냥 천지사방이 온통 그녀의 검영뿐이었다.

하나 천지기하천하무적공의 보법은 그녀를 비웃기라도 하듯 유유히 검영 사이를 빠져나와 그녀의 등 뒤로 돌아갔다.

제갈사란이 소스라치게 놀라 피하려고 했지만, 이내 그녀의 뒷덜미에 서늘한 기운이 다가왔다. 바로 화은설의 검이었다.

"양보해 줘서 고마워요, 언니!"

五

비무대 주변은 찬물을 끼얹은 듯 조용하게 변했다.

누구도 말을 하는 사람이 없었다.

그건 충격을 넘어 소름이 돋을 정도로 무서운 일이었다.

사람들은 제갈사란이 마지막 순간에 일검칠성진법을 펼쳤다는 것을 알고 있었다. 누구도 파훼법을 찾지 못한 일검칠성진법을 겨우 보법으로 빠져나온다? 이런 일이 가능하다는 말은 그 누구도 들어본 적이 없었다.

화은설은 흥분을 감출 수 없었다. 결승에 진출한 것은 처음이기도 했지만 제갈세가에서 자랑하는 절기를 꺾은 것이 더 그녀를 짜릿하게 만들었다. 그동안 얼마나 당하고 채이기만 했던가? 십 년 묵은 체증이 싹 내려가는 기분이었다.

이 모든 것이 기무결 덕분이라는 것은 더 이상 설명할 필요가 없었다.

그녀는 누구보다 지금 기무결에게 기쁜 소식을 전해주고 싶었지만, 기무결은 기소린의 사건을 해결한 지 한참이 되었는데도 아직 무림맹에 돌아오지 않고 있었다.

'이 바보, 도대체 어디서 무얼 하고 있는 거야?'

기무결은 단순히 기소린 사건을 해결한 것이 아니었다.

그는 석헌중의 음모를 밝혀내고 무림맹과 마황성 사이에 벌어질 전쟁까지도 막은 것이다.

사람들은 크게 흥분했고, 기무결의 명성은 또 한 번 천하무림을 진동했다. 덩달아 화씨세가의 이름이 세간의 주목을 받은 건 당연했다.

하긴, 정천구룡까지 기무결의 눈치를 보고 있는 실정이니 다른 사람들은 오죽할까.

이젠 천무서원의 원생 중에서 대놓고 화은설을 재앙의 성녀라고 말하는 사람은 없었다. 기무결이 곧 화씨세가로 통하고 있었다. 화은설을 놀리는 사람은 기무결을 능멸하는 것이나 마찬가지인 것이다.

그때, 영영이 다급한 표정으로 헐레벌떡 뛰어왔다.

"아가씨! 큰일 났어요."

"무슨 일인데 그리 호들갑이니?"

"본가에서 연락이 왔어요."

"초 노에게?"

"본가가 지금 위험하대요."

"그게 무슨 말이야. 알아듣기 쉽게 얘기해 봐."

"초 노가 무얼 어떻게 잘못했는지 몰라도 부동산 사기에 휘말렸고, 그래서 본가가 다른 사람의 명의로 넘어가게 되었대요."

"어, 어떻게 그런 일이……."

화은설의 얼굴이 창백하게 변했다.

본가는 화씨세가의 역사와도 같다.

역사를 잃어버린 민족은 미래가 없듯 본가를 빼앗긴 세가 역시 훗날을 기약할 수 없는 것이다.

화은설은 난생처음 결승에 올라갔지만, 지금 그게 중요한 게 아니었다. 그녀는 즉시 무림맹을 떠나 본가로 향했다.

하지만 그녀는 그것이 정천구룡이 준비한 함정이라고는 꿈에도 생각하지 못했다.

그녀는 정천구룡의 의도대로 무림맹을 떠났고, 이번에는 그녀를 도와줄 기무결도 없었다.

화씨세가의 본가와 화은설을 동시에 처리할 수 있는 절호의 기회였다.

절체절명의 순간이었다.

과연 정천구룡이 화은설을 죽일 수 있을지 지켜볼 일이었다.

六

넓은 객잔에는 사도옥과 왕혜령 말고는 아무도 없었다.

심지어는 주인과 점소이마저 밖으로 쫓겨났다.

객잔 밖에서 감찰총국의 요원들이 손님들을 통제하고 있었다.

하긴, 굳이 통제하지 않아도 이백 명이 넘는 감찰총국 요원이 진을 치고 곳에서 대담하게 밥을 먹겠다고 들어올 사람이 있을 리 없었다.

"자, 이제 말씀을 하실까?"

"무엇을 말이죠?"

"묻고 싶은 게 아주 많소."

그는 그날 객잔에서 감찰총국의 요원들을 활로 죽이고 포위망을 뚫고 나간 사람이 누구인지 궁금했다.

"그건 나도 잘 몰라요."

"흐흐, 거짓말에 소질이 별로 없는 모양이군. 혹시 그가 일초무적자로 유명한 자인가?"

그냥 한 번 찔러본 것이긴 해도 나름 이유는 있었다.

최근 천왕세가가 풍전등화의 위기에 빠졌었다가 일초무적자의 도움으로 겨우 살아났다는 소문은 무림을 뜨겁게 만들고 있었다.

그렇다면 그녀가 일초무적자를 쫓아 무림을 나왔다는 가설이 세워진다.

이젠 가설이 확신으로 변했다.

"흐흐, 아쉽군. 그자는 지금쯤이면 지옥을 헤매고 있을 텐데. 본관의 손으로 죽이지 못한 게 오히려 다행이라고 해야 하나?"

이것으로 기무결과의 질긴 악연도 끝이었다.

하나 끝내 살수천자의 보물과 천무은형잠종대법을 찾지 못한 것은 영원히 미련으로 남을 것 같았다.

"고, 공자님이 어떻게 되었다고?"

왕혜령이 자신의 처지도 망각한 채 자리에서 벌떡 일어섰다.

하지만 마혈이 제압당한 탓에 힘없이 자리에 주저앉고 말왔다.

"왕 소저 말고 또 누가 이번 사건에 대해 알고 있소?"

"무얼 말이냐? 감찰총국이 역심을 품고 있다는 거? 아니면 영평공주를 죽이려고 뒤쫓고 있다는 거?"

짝!

왕혜령의 뺨이 빨갛게 부풀어 올랐다. 입술이 찢어지고 피가 흘러나왔다.

사도옥은 여자라고 사정을 봐주는 그런 인간이 아니었다.

그는 두 번 묻지 않았다. 한 번 묻고 만족할 만한 답변이 나오지 않았다고 생각하면 가차 없이 손을 썼다.

"다시 한 번 묻겠다. 여기까지 오면서 누구누굴 만났느냐? 참고로 본관은 자비심이 없다는 것을 명심해라."

하지만 왕혜령도 호락호락한 여인은 아니었다.

그녀는 사도옥의 얼굴을 향해 침을 퉤 하고 뱉었다.

사도옥이 얼굴에 묻은 피를 닦아내며 악마처럼 웃었다.

"흐흐, 아주 좋아. 처음부터 쉬운 계집은 재미가 없지. 네년이 오랜만에 본관의 피를 뜨겁게 만드는구나!"

스르룽!

사도옥이 허리춤에서 검을 뽑아 들었다.

"네년의 얼굴이 난도질을 당하고서도 계속 고집을 부릴 수 있는지 어디 한 번 지켜볼까?"

그리고는 왕혜령의 얼굴에 검을 들이대려는 순간이었다.

갑자기 와장창 하며 객잔의 천장이 무너졌다.

사도옥이 소스라치게 놀라 천장을 보는 순간 무언가 휘익 하고 지나가는 느낌이 들었다.

"아차!"

그의 앞에 앉아 있던 왕혜령이 보이지 않았다.

대신 저 멀리 한 사내가 굴강한 모습으로 품속에 왕혜령을 안고 있는 모습이 보였다.

"네, 네…… 네놈은?"

사도옥의 두 눈이 크게 치떠졌다.

귀신을 봤어도 이렇게까지 놀랍지는 않을 터.

굴강한 모습의 사내는 바로 기무결이었던 것이다.

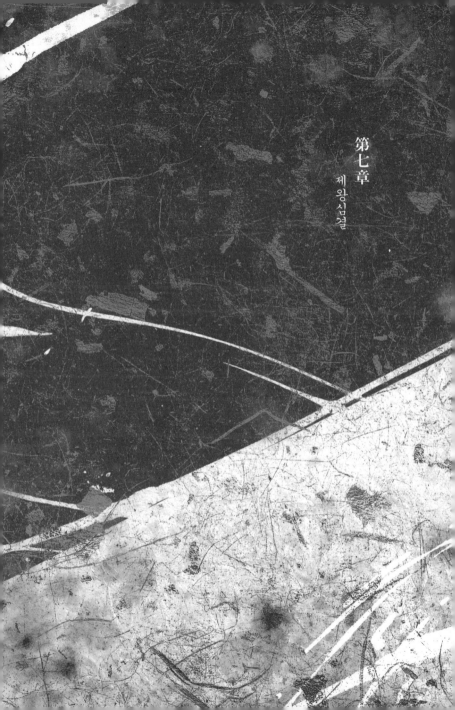

第七章

제왕심결

사도옥이 감찰총국 최고의 독종으로 통하는 데는 다 그럴
만한 이유가 있었다.

　그는 자신이 쫓는 자를 한 번도 놓친 적이 없었고, 한 번 사
로잡은 적을 중도에 빼앗긴 적도 없었다. 또한 그가 손을 대
면 그 어떤 심지가 굳건한 사람일지라도 종국에는 입을 열지
않고는 버티지 못했다.

　그래서 사도옥은 삼무악찰이라 불릴 정도였다.

　하지만 삼무악찰의 신화도 오늘 드디어 흠집이 생긴 것이
다.

원수는 외나무다리에서 만난다고 했던가?

사도옥은 이미 죽었을 거라고 확신하고 있던 기무결이 멀쩡하게 살아서 왕혜령을 구하러 올 줄은 생각도 못한 일이었다.

"으으, 목숨이 고래 심줄보다 더 질긴 놈."

"네놈이 준 선물은 고맙게 잘 받았다. 격하게 고마워서 네놈에게 감사 인사는 해야 할 것 같아서 말이지."

"고마웠다니 준비한 보람이 있었군."

하지만, 속으로는 고개를 갸웃거렸다.

그 많은 고수를 모두 죽이기라도 한 것일까?

아니면 영평공주는 내팽개쳐 두고 혼자만 도망쳐 온 것일까?

왠지 말투나 표정을 보면 혼자 도망친 것 같진 않아 보였다.

"보아하니 천무은형잠종대법을 대성한 모양이군. 하지만 궁술은 뭐냐? 천무은형잠종대법에는 그런 것은 없는데?"

사도옥은 여전히 천무은형잠종대법에 관심을 갖고 있었다.

엄밀하게 말하면 그가 관심을 갖는 건 살수천자의 오천만 냥의 보물지도일 것이었다. 지금의 황실과 전쟁을 치르기 위해서는 막대한 자금이 필요했다. 영락제가 사 년 전쟁으로 황제의 보위에 오를 때 들어간 돈은 그야말로 천문학적인 액수였다.

천하의 영락제도 건문제와 사 년 전쟁을 치렀으니 아무리 당금 황실이 무능해도 이삼 년은 충분히 버틸 수 있다는 뜻이었다.

하나 황실의 이목을 속이고 막대한 자금을 끌어모으는 일은 결코 쉬운 게 아니었다.

그래서였다.

살수천자의 보물지도만 손에 넣으면 자금과 관련된 모든 걱정이 한 번에 해결되는 셈이었다.

한데 그걸 눈앞에서 기무결에게 빼앗긴 격이 아니던가?

사도옥이 지난 이 년 가까운 세월동안 악착같이 기무결을 쫓은 이유가 바로 이것이었다.

기무결은 바보가 아니다. 적들이 반역을 일으켜 황위를 찬탈하려 한다는 것을 알고 난 이후 기무결이 가장 먼저 생각한 것이 왜 하고 많은 곳 중에 풍운산장을 집어삼키려고 했냐는 것이었다.

'풍운산장의 막대한 자금력 때문이겠지.'

그렇다면 사도옥이 보물지도를 노리는 이유도 뻔했다.

아마 사도옥이 살수천자의 보물지도를 손에 넣는 데 실패해서 차선책으로 선택한 것이 풍운산장인 것 같았다. 대충 시기를 계산하면 비슷하게 맞물린다. 그때 당시로 계산하면 철산호가 중독된 지 반년 정도 되었으니 말이다.

'결국 이것도 처음부터 끝까지 모든 것이 하나로 관통하는 셈인가?'

운명의 장난이라고밖에는 설명할 길이 없었다.

기무결은 어이없게도 계속 같은 세력과 싸우고 있었던 것이다.

이렇게 되면 아무리 남의 일에 관심이 없는 기무결이라고 해도 궁금해질 수밖에 없었다.

"어이, 사도옥! 하나만 묻자. 네놈들의 주인이 누구냐?"

"주인?"

"무림맹과 감찰총국, 그리고 변황삼패를 종 부리듯 하는 자 말이다. 네놈들이 지금 이 지랄 떠는 것도 다 그자를 새로운 황제로 만들려고 하는 거잖아?"

사도옥이 눈살을 찌푸렸다.

기무결이 변황삼패까지 언급할 줄은 예상치 못했던 것이다.

"말해주는 건 어렵지 않지. 회에 가입하겠느냐? 물론 회에 가입해도 요직에 있는 사람이 아니고는 만나볼 수도 없겠지만."

"결국 말해줄 수 없다는 뜻이로군."

"그렇지는 않다. 네가 만약 살수천자의 보물지도만 가지고 온다면 회주께서 특별하게 생각하실 것이다."

이번엔 기무결이 눈살을 찌푸렸다.

"의외로군. 지금 나를 포섭하려는 것이냐?"

"시세를 아는 자가 준걸이란 말도 있지 않느냐? 지금의 황실은 민심을 잃었고 아무런 미래도 없다. 그에 반해 우린 강하지. 우리와 함께한다면 대대손손 부귀영화를 누리는 것도 어렵진 않다는 소리다."

확실히 혹할 만한 이야기였다.

공신의 반열?

반역이 성공만 한다면 그것도 결코 남의 일이 아니었다.

하지만 그건 명예와 권력에 집착하는 자들에게나 해당되는 일이었다.

기무결은 권력 놀음엔 관심이 없었다. 오천만 냥만 찾으면 대대손손 떵떵거리며 살 수 있는데 굳이 황실까지 기어 들어가 피곤하게 살 이유가 없었다. 더구나 그에겐 금광도 있지 않던가? 황제가 부럽지 않았다.

"제의는 고맙다만 네놈과 미래를 함께하기에는 그동안 우리의 악연이 꽤나 깊다고 생각하지 않느냐?"

"유감이군."

하지만 아예 예상하지 못한 일도 아니었다.

사도옥이 손에 쥐고 있던 검을 천천히 들어 올렸다.

"기무결, 준비가 되었다면 어서 오너라."

"좋은 자세군."

결코 무시할 수 있는 기도가 아니었다.

기무결이 지금까지 만난 그 어떤 무림의 고수들보다 사도옥의 기수식이 훌륭했다.

'황실 최고 고수라는 소문이 거짓은 아니군.'

그는 왕혜령에게 눈짓을 보내 뒤로 물러서게 했다.

그리고는 은밀하게 주변의 기운을 끌어모아 오른손으로 이끌었다.

"마지막으로 묻겠다, 사도옥. 책자는 어디에 있느냐?"

"글쎄. 능력이 되면 알아서 가져가라."

"역시 그러는 게 좋겠군."

그 말이 신호가 되었다.

기무결이 오른손을 가볍게 떨치는 순간 거대한 바람이 일고 사도옥을 향해 쏟아져 나갔다.

바람이 곧 살기였다.

게다가 예전에는 한 줄기 미풍이었다면 지금은 가히 태풍과도 같이 규모가 커져 있기 때문에 조금만 스치기라도 하는 날엔 천하의 그 누구도 온몸이 버텨낼 수 없을 것이었다.

二

'오른손이로군.'

사도옥의 눈에 주변의 기운이 은밀하게 모여들어 기무결의 오른손에 이끌리는 것이 보고 긴장했다.

'그렇다면 풍형을 펼치려는 것이다.'

결코 헛것을 본 것이 아니었다.

그는 형체가 없는 공기의 흐름을 정확하게 보고 읽어낼 수 있었다.

그건 사람의 체내에서 혈맥을 따라 흐르는 공력도 예외는 아니었다. 천하에는 수많은 무공이 있고, 그 성질과 특성에 따라 혈맥을 따라 움직이는 방향이 달라진다. 그리고 그건 어떻게 공격을 하고 방어를 하며 뒤로 움직일지 아니면 앞으로 움직일지를 결정하게 된다.

어쩌면 당연한 일이다. 공력이 다리 쪽의 혈맥을 따라 흐르면 당연히 경공을 펼치려는 것일 테고, 두 팔로 흐르면 권법을, 그리고 검을 따라 나오면 검기나 검강을 발출하는 것일 테니 말이다. 거기에다 어느 손을 사용할 것인지도 알게 되면 모든 해답은 나오게 마련이다.

사도옥은 망설이지 않고 기무결의 왼쪽 옆구리를 향해 검을 찔러갔다. 공력을 끌어 올린 건 조금 늦었지만, 결과는 기무결보다 한 박자 빨랐다.

"억?"

기무결의 입에서 헛바람이 튀어나왔다.

기무결은 풍형을 미처 완벽하게 펼치지 못하고 멈출 수밖에 없었다.

그는 즉시 분심쌍격으로 왼손을 움직였다. 이번에는 근접 싸움에 유리한 화씨세가의 박투술로 맞서갔다.

'박투술이군.'

사도옥은 이번에도 기무결의 움직임을 미리 파악하고 지체 없이 몸을 옆으로 틀었다.

쉬익!

또다시 사도옥의 검이 기무결의 빈틈을 노리고 날아들었다.

이번에도 공력을 먼저 일으킨 쪽은 기무결이었지만, 결과는 사도옥이 반 초 차이로 앞섰다.

기무결은 대경실색했다. 처음 한 번은 우연일 수 있지만, 그것이 두 번까지 이어질 리 없는 것이다.

"이, 이건……?"

문득 머릿속에서 짚이는 것이 있었다.

기무결은 바닥을 박차고 몸을 뒤로 날려 피했다.

"흥, 도망가지 못한다."

사도옥은 그것까지도 알고 질풍처럼 검을 휘두르며 기무결을 쫓아왔다.

하지만 워낙 두 사람 사이에 공력의 차이가 커서 기무결은 몇 번을 허공에서 공중제비를 돌고 방향을 틀고 나서야 겨우 사도옥을 떨쳐 낼 수 있었다. 사도옥은 속으로 아쉬워했지만, 일단 선기를 잡은 것으로 만족했다.

"방금 그게 제왕심결이란 것이냐?"

"호오? 네가 제왕심결을 알아볼 줄은 몰랐다. 그럼, 네가 얻은 궁술의 정체는 신궁천품이겠군."

사도옥이 유일하게 경계하는 무공이 있다면 그건 바로 신궁천품일 것이었다.

당시 매천강은 제왕심결을 세 번 만나 승부를 겨루었지만, 만날 때마다 제왕심결을 압박해 들어갔다. 처음에는 백 초를 넘지 못했고, 두 번째는 백 초를 훌쩍 넘겼다. 그리고 세 번째 만났을 때는 무려 삼백 초를 버틴 것이다. 제왕심결의 전인 입장에서는 네 번째 만나면 과연 자신이 신궁천품을 이길 수 있을지 의문이었다.

그래서였다.

제왕심결의 전인은 자신의 절기를 남기며 신궁천품을 각별히 주의하라 경고했다.

하나 그는 꿈에도 모를 것이었다.

매천강은 끝내 제왕심결의 파훼법을 찾지 못하고 죽었다는 것을 말이다.

三

세상엔 말만으로는 절대 알 수 없는 것들이 있다.

황실 근처에도 가지 말라던 매천강의 경고가 그랬다.

제왕심결이 강하면 얼마나 강할까 싶었다.

하지만 방금 기무결은 온몸의 옷이 벌거벗겨진 기분이었다. 상대가 자신의 모든 것을 간파하고 공격해 오는데 당혹스러운 느낌을 넘어 무력감마저 들었다. 어쩌면 매천강도 당시이런 기분이지 않았을까 싶었다.

기무결은 마음을 고쳐먹었다.

전략의 수정이 불가피했다. 제왕심결이 아무리 공력을 흐름을 읽고 상대의 수법을 간파한다 해도 인간의 능력에는 한계가 있는 법. 한꺼번에 여러 개의 무공을 쏟아내도 과연 사도옥이 모든 걸 간파하고 반격해 올지는 미지수였다.

주르륵!

기무결의 몸이 미끄러지듯 앞으로 짓쳐 나갔다.

천지기하천하무적공의 보법이었다. 그리고는 이내 분심쌍격으로 마음을 나누어 한쪽 팔로는 화씨세가의 박투술을 펼쳤고, 다른 한 손으로는 천무은형잠종대법의 살인기예를 펼쳤다.

세 개의 각기 다른 무공이 동시에 쏟아진 것이다.

사도옥은 처음 기무결의 단전에서 공력의 흐름이 밑으로 내려가는 것을 보고 보법을 펼쳐 다가올 것이라 생각했다.

그의 예상은 정확하게 적중했다.

하지만 그다음부터가 문제였다.

기무결의 두 팔에서 각기 다른 무공이 펼쳐지는데 그 위력이 천하에 짝을 찾기 어려울 정도로 엄청난 것들이었다.

"억?"

사도옥이 기겁을 하고 뒤로 물러섰다.

인간의 동체 시력에는 한계가 있고 기무결이 동시에 펼친 세 개의 무공은 천하에 적수를 찾기 어려운 것들이었다. 기무결의 몸에서 공력의 흐름이 각기 세 갈래로 갈라지는 것이 보이긴 하는데 천하의 제왕심결로도 어느 쪽으로 반격해 들어가야 할지 쉽게 판단이 서지 않았다.

바로 그때였다.

쐐애애액!

난데없이 가공할 바람이 밀려들어왔다.

바로 천무은형잠종대법의 풍형이었다.

언제 펼쳤는지 미처 제왕심결이 공력의 흐름을 읽기도 전에 그의 눈앞에 들이닥쳤다.

사도옥은 껑충 뛰어 바닥을 굴렀다. 제왕심결에서 이런 낭패는 생각할 수 없는 일이었다. 그의 머리는 순식간에 봉두난발로 변했고, 깨끗하던 옷은 흙먼지로 지저분하게 변했다.

"이, 이런……."

도대체 이놈은 몇 개의 절세적인 무공을 가지고 있단 말인가?

무공을 펼치기만 하면 각기 다른 무공이 쏟아져 나왔고 하나같이 위력이 하늘을 가르고 땅을 뒤엎는 가공무쌍한 것들이었다.

하나 지금 그게 중요한 게 아니었다.

그는 제왕심결의 장점을 전혀 살리지 못하고 있었다.

원래 사도옥은 오직 신궁천품만 경계하고 있었다.

그래서 기무결은 신궁천품은 봉인해 둔 채 접근전을 선택했다.

이는 사도옥이 원하던 바였다. 제왕심결은 접근전에서 더 위력이 강해지기 때문이었다.

하지만 기무결은 황당하게도 접근전으로 제왕심결을 깨뜨리고 있었다.

기무결이 다시 한 번 접근전을 시도했고, 그의 몸에서는 또다시 세 개의 무공이 동시에 쏟아져 나왔다.

사도옥은 연신 뒤로 주춤 물러섰다.

수십 초가 흘렀지만, 사도옥은 반격 한 번 해보지 못했다.

아니, 공력의 흐름을 읽긴 했지만, 도망치기에도 급급한 실정이었다.

그사이에 그의 몸은 걸레가 되어 있었다. 온몸을 피로 목욕한 듯 상처를 입은 곳에서 꾸역꾸역 피가 흘러나왔다.

그때, 기무결의 주먹이 눈앞에 다가왔다.

분명 아까부터 눈에 보였지만 이미 그의 몸은 천근만근 도저히 움직이지 않았다.

四

"형님, 이쪽으로 와보십시오."

"으음, 이자는?"

"우내오존 제갈기입니다."

"여기 남궁학의 시신도 있습니다. 남궁세가의 칠대장로들도 쓰러져 있군요."

"나, 남궁세가까지?"

"억? 이자들은 황보세가의 장로잖아?"

복면인들의 면면을 확인하고 있는 자들은 마황칠패였다.

그들은 견식이 풍부해서 복면인들의 얼굴을 대부분 알아

볼 수 있었다.

그야말로 놀라움의 연속이었다.

제갈세가와 남궁세가를 비롯한 여러 문파가 은밀하게 복양으로 움직이고 있다는 정보를 입수한 지 오래.

그 기세가 실로 대단해서 예의 주시하고 있었다.

그 덕분에 이곳을 발견하긴 했지만, 그들이 도착했을 때는 이미 모든 상황이 끝난 뒤였다. 시신들의 몸에 아직 온기가 남아 있는 것을 보면 시간이 얼마 지난 것 같진 않았다.

마황칠패는 아연실색했다. 그들은 원래 이번에 제갈세가와 남궁세가 등의 전대 고수들까지 오랜 은거를 깨고 무림에 나온 것도 이미 알고 있었다.

하지만 우내오존 제갈기라니.

남궁세가의 가주인 남궁학도 있었다.

다른 문파는 어떤가?

결코 제갈세가나 남궁세가에 못지않았다.

애초 마황칠패가 생각했던 것보다 그 면면이 훨씬 대단했다.

이건 마황성과의 전시 상황이 아니라면 절대 볼 수 없는 진용과 조합이었다.

만약 전쟁이 벌어진다 해도 감당하기 쉽지 않았을 것이었다. 마황성에 병력 지원을 요청하는 수준이 아니라 석대공이 절정의 고수들을 데려와야 겨우 균형을 유지할 수 있을 것 같았다.

한데 문제는 지금 이들 모두가 죽었다는 것이다. 더구나 그들의 몸은 하나같이 걸레가 되어 있었다.

"모두 똑같은 수법에 당했군."

"말도 안 돼! 그럼 이 많은 고수가 단 한 명의 손에 죽었다는 겁니까?"

"으음, 그도 그렇군."

상식적으로 불가능한 일이었다.

사람의 무공이 아무리 강해도 이 많은 고수와 싸우는 것도 불가능하지만, 이들을 모두 죽이는 건 아예 있을 수조차 없는 일이었다.

그렇다면 결론은 하나.

일부러 한 사람이 한 것처럼 흔적을 속이고 시신들의 몸을 난도질했다는 것밖에는 없었다.

하지만 상처들의 흔적이 너무도 독특해서 결코 다른 누군가가 흉내 내기 어려웠다. 그건 당연했다. 풍형은 바람이 곧 살기. 바람이 지나간 자리가 곧 수백 개의 검이 훑고 지나간 것과 다름없었다. 당연히 시신들의 몸에는 수천 개의 상처가 나 있었다.

"정말 끔찍하군. 칼이나 검으로는 이런 상처들을 만들 수

없는데 무슨 수법을 쓴 걸까?'

"으응? 형님, 이것 보십시오. 이 상처는 화씨세가의 박투술 같습니다."

"저, 정말 그렇군."

천하에는 수많은 무공이 있고, 각 문파마다 절기가 다르다. 그건 시신의 몸에 난 상처도 마찬가지였다. 칼이나 검을 사용하는 방법에 따라 조금씩 상처 모양이 다르고 깊이가 다르듯 장법이나 권법 역시 무공의 특성에 따라 조금씩 차이가 있다.

보통 사람의 눈에는 모두 똑같아 보이지만, 고수의 눈에는 그 미세한 차이라도 크게 보일 수밖에 없었다. 때문에 고수들은 왕왕 자신의 흔적을 지우기 위해 일부러 시신들의 몸에 전혀 다른 상흔을 남기곤 한다.

"그 아이 같습니다."

"으음, 아무리 그래도 이건……."

기무결이 엄청난 고수라는 것은 이미 알고 있었지만, 이 많은 절세의 고수와 싸워서 이겼다는 것이 쉽게 믿어지지 않았다.

더구나 왜?

그들은 이내 의문이 들었다.

기무결과 이들은 서로 정파라는 출신이 똑같았다.

기무결은 화씨세가의 전인으로 명성이 자자했고, 제갈세가나 남궁세가, 그리고 황보세가 등도 무림맹을 떠받치고 있는 육문칠가 아니던가?

"당장 그 아이를 찾아야겠네."

이유가 무엇이든 간에 이건 절호의 기회였다.

석대공과 마황칠패는 기무결의 자질에 반해서 차기 마황성주의 자리까지 제안했지만, 일언지하에 거절당했었다.

물론 걱정스러운 마음과 두려운 마음도 있었다.

향후 십 년 안에 기무결이 무림맹의 수장이라도 되는 날엔 마황성의 미래도 장담하기 어렵다고 느꼈던 것이다.

하나 지금처럼 기무결과 육문칠가 사이에 균열이 생긴 이상 기무결이 무림맹의 수장이 될 가능성은 거의 없었다.

그야말로 하늘이 도왔다는 말이 가장 잘 어울리는 상황이었다.

기무결이 마황성으로 출신을 바꾸고 차기 마황성주가 되면 무림맹과 정파무림을 쓸어버리는 것도 불가능한 일이 아니었다.

문제는 구파일방이었다.

들리는 소문에 따르면 기무결은 구룡겁화를 해결하는 과정에서 아미파와 청성파 등과 남다른 우정을 쌓았다고 전해지고 있었다.

또한 구파일방이 육문칠가와 그리 좋은 사이가 아니라는 것도 찜찜했다.

구파일방이 정파무림의 주도권을 잡기 위해 기무결에게 구원의 손길을 내밀지 말라는 법도 없기 때문이었다.

그나마 다행이랄까?

마황칠패가 가장 먼저 이곳을 발견했다는 것이었다.

구파일방이 사실을 알아내려면 좀 더 시간이 걸리겠지만, 그전에 기무결이 어딘가로 잠적할지도 모를 일이었다.

"서두르지 않고 뭣들 하는 건가? 가능한 빨리 그 아이를 찾아야 하네."

사공두열!

마황칠패의 대형인 그의 입에서 다급한 목소리가 터져 나왔고, 나머지 여섯 명의 의형제가 황급히 어딘가로 사라졌다.

五.

그 시각.

전혀 의외의 곳에서 기무결의 존재를 의식하고 있었다.

"제독, 드디어 공주님의 행방을 알아냈습니다."

"오오! 다행이로군. 공주님은 지금 어디에 계신가?"

"복양에 계십니다."

"복양?"

제독의 눈이 갑자기 일그러졌다.

어찌 그렇지 않겠는가?

제갈세가와 남궁세가 등 육문칠가와 관련된 세력들이 복양에 몰려들고 있다는 정보는 마황성만 입수한 것이 아니었다.

동창은 천하제일의 특무기관.

천하 곳곳에 지부와 안가가 있어서 여러 경로를 통해 정보가 올라오고 있었다.

"그, 그렇다면 설마?"

"제독께서 생각하신 대로입니다. 사도옥 그 미친놈이 공주님을 잡기 위해 무림의 세력까지 끌어들인 모양입니다."

"우드득! 감찰총국 이놈들, 끝내 넘어선 안 될 선까지 넘었구나!"

제독은 이를 갈았다.

영평공주가 실종된 지 십여 일이 지났고, 제독은 영평공주를 찾기 위해 천하를 돌아다니고 있는 중이었다. 처음에는 감찰총국이 쫓고 있다는 것도 모르고 있다가 조사를 통해 하나씩 알게 되었다. 용문사 칠층석탑에서 흔적이 발견된 이후로 하늘로 증발한 것처럼 좀처럼 영평공주의 흔적을 찾을 수 없어서 발만 동동 구르던 참에 모처럼 희소식이 들어왔다 생각했더니 오히려 상황이 더 절망적으로 변했다.

"어서 앞장서게. 가능한 모든 지부와 안가의 요원들을 끌어모으는 것도 잊지 말고."

한시가 급한 상황이었다. 무슨 일이 있어도 사도옥의 손에서 영평공주를 구해내야 하지만, 상황이 그리 녹록치 않았다. 감찰총국이 무림의 세력까지 끌어들였다면 동창의 모든 걸 걸어도 승패를 장담하기 어려웠다.

"제독, 그러실 필요가 없게 되었습니다."

부관의 말에 제독은 아찔한 생각이 들었다.

"서, 설마 사도옥의 손에 공주님이 죽으셨단 말인가?"

"그, 그게……. 오히려 그 반대입니다."

"반대?"

"사도옥이 죽었습니다."

"뭐, 뭐라고?"

제독은 자신의 귀를 의심했다.

사도옥은 황실 제일의 고수였다. 그건 동창에서도 인정하는 바였다.

"자네 지금 농담하나?"

"이는 이미 안가에서 확인한 사항입니다."

"안가에서? 끙! 그렇다면 사실이란 소린데……. 이건 뭐가

뭔지 모르겠군."

사도옥은 동창의 숙적이었다. 그가 죽었다면 당연히 두 손을 들고 기뻐해야 정상이지만, 제독은 여전히 의심을 지우지 못하고 있었다. 사도옥이 좀 교활한 자인가? 자신이 죽었다고 감쪽같이 속여놓고 뒤에서 무슨 짓을 꾸미고 있을지 모를 일이었다.

"그리고 제독! 이보다 더 놀라운 일이 아직 남아 있습니다."

"이번엔 또 뭔가?"

"복양에 모여들었던 육문칠가의 세력도 모두 죽었습니다."

"그, 그들이?

확실히 사도옥이 죽었다는 말보다 더 충격적인 얘기였다.

"자네 뭔가 착각하는 거 아닌가? 복양에 모인 자들은 육문칠가에서도 손에 꼽힐 정도로 대단한 자들일세."

"이것 역시 안가에서 확인한 사실입니다. 그리고 정황을 보면 사도옥을 죽인 자가 복양에 모인 자들도 죽인 것 같습니다."

"으음."

이변의 연속이었다.

아무리 그래도 이건 뭔가 이상하다. 영평공주의 호위무사들과 금군의 무사들은 이미 용문사에서 시신으로 발견되었기 때문이었다. 그렇다면 영평공주 한 명을 쫓자고 감찰총국이 무림의 세력들과 결탁까지 했다는 뜻이었다.

하긴, 영평공주가 감찰총국의 삼엄한 포위망을 뚫고 용문사에서 복양까지 간 것부터가 뭔가 이상한 일이었다.

"옆에서 공주님을 돕는 세력이 있는가?"

"그렇지 않아도 막 그 말씀을 드리려던 참이었습니다."

"역시 그런 모양이군. 공주님을 도와준 세력이 어딘가?"

소림사? 무당? 어쩌면 구파일방이 모두 나섰을지도 몰랐다.

"제독께선 혹시 최근에 혜성처럼 등장한 일초무적자의 소문을 들어보셨는지요?"

"구룡겁화를 해결한 화씨세가의 전인 말인가?"

"알고 계시니 바로 말씀을 드리겠습니다. 사도옥을 죽이고 복양에 모여든 육문칠가의 세력을 죽인 자가 바로 일초무적자입니다."

"그, 그러니까 지금 일초무적자 혼자서 그 많은 고수를 죽였다는 말인가?"

"소관도 도무지 믿기지 않아서 일초무적자의 동선을 확인해 보았습니다. 그랬더니 대충 공주님의 동선과 겹치는 부분이 있었습니다."

"끙!"

제독은 한동안 말을 잇지 못했다.

멍하니 하늘을 쳐다보는 모습이 넋이 나가기라도 한 것 같았다.

하긴, 동창의 전력을 투입해도 승패를 장담하기 어려운 자들을 단 한 명이 처리를 했다는 것 자체가 비현실적인 일이었다.

六

제독의 눈에서 갑자기 생기가 돌았다.

이렇게 넋 놓고 있을 때가 아니라는 생각이 퍼뜩 정신을 일깨웠던 것이다.

작금의 현실은 동창의 힘으로 해결하기 어려웠다.

그래서 구파일방에 도움을 요청하기도 했었지만, 아직까진 별다른 성과를 얻지 못했다.

적들의 세력은 너무 강하고 무서웠다. 이건 단 일 할의 승산도 없는 싸움이었다.

한데 난데없이 일초무적자란 고수가 등장한 것이다.

더구나 그는 화씨세가의 전인으로 알려져 있으면서도 육문칠가와는 건널 수 없는 강을 건너지 않았는가?

"무조건 그를 잡아야 하네."

"예에? 그게 갑자기 무슨……."

"일초무적자를 우리 편으로 끌어들여야 한다는 소릴세."

사도옥이 죽고 복양에 모여든 육문칠가의 세력이 타격을 받았다고 해도 이는 빙산의 일각에 불과했다. 동창과 구파일방이 알아낸 정보에 따르면 암거래 시장은 물론이고 변황삼패도 적들과 밀접한 관련이 있었다. 또한 무림의 절반 이상이 적들의 수중에 떨어졌다는 소문도 있었다. 어쩌면 복양에 모여든 자들은 극히 일부분에 불과할지도 몰랐다.

그렇게 보면 여전히 동창과 당금 황실의 힘은 미약하기 짝이 없었다.

물론 구파일방이 옆에서 돕고 있긴 하지만, 계란으로 바위를 치는 것에 다를 바 없었다.

황실과 천하무림은 그야말로 바람 앞에 놓인 등불 같은 신세였다.

그래서였다.

일초무적자를 황실로 끌어들이느냐, 그러지 못하느냐에 천하의 운명이 걸려 있었다.

마침 공주님을 구한 공도 있고 무림맹과 반목도 했으니 황실로 끌어들일 적당한 구실이 생긴 것이다.

'관직으로 유혹을 하든 아니면 천하의 온갖 미녀로 유혹을

하든 무슨 수를 써서든 일초무적자를 끌어들여야 한다.'

세상에 권력과 명예, 그리고 관직에 초연한 사람을 본 적이 없었다.

더구나 나이도 젊다니 여색에 약할 가능성도 높았다.

절대 놓칠 수 없었다. 그 어떤 파격적인 대우를 해서라도 반드시 황실로 끌어들일 생각이었다.

그렇게 천하의 운명은 또다시 격랑 속으로 흘러 들어갔다.

그리고 훗날 황실과 무림의 역사상 유례를 찾아볼 수 없는 쟁탈전의 서막은 그렇게 시작되고 있었다.

七

책자는 없었다.

사도옥을 죽이고 그의 품을 뒤져 보았지만, 주원장과 영락제의 족보가 담긴 책자는 보이지 않았다.

그렇다고 사도옥이 어딘가에 숨긴 건 아니었다. 그가 신이 아닌 이상 기무결의 손에 자신이 죽을 거라는 걸 미리 예견했을 리 없을 테니까 말이다.

짚이는 건 있었지만, 확실하게 알아볼 필요가 있었다.

다행히 확인해 줄 사람은 많았다.

객잔 밖에 이백여 명의 감찰총국 요원이 진을 치고 있었다.

자고로 삭초제근이라고 했다. 화근이 될 만한 것들은 일말의 여지도 남겨두지 않고 제거하는 것이 무림의 기본 법칙 중 하나다. 그런 의미에서 이백여 명의 감찰총국의 요원은 언제고 화근이 될 자들이었다.

'단 한 명도 살려둘 수 없다.'

때마침 감찰총국 요원들도 객잔 안에서 변고가 생긴 걸 알고 우르르 몰려들었다.

기무결은 굳이 밖으로 나가는 수고를 덜었고, 객잔에서는 또다시 경천동지할 싸움이 시작되었다.

일 대 이백.

이 말도 안 되는 싸움은 오히려 너무 싱겁게 끝나고 말았다.

감찰총국의 요원들은 하나같이 절정의 고수였지만, 누구도 기무결의 일 초도 막지 못했다.

훗날 사가들은 일방적인 학살이라 불렀지만, 천하를 공포로 몰아넣은 감찰총국의 몰락을 불러온 만큼 구국제민학살, 나라를 구하고 백성을 살린 세상에서 가장 의로운 학살이라 일컬었다.

기무결은 그중 몇 명을 살려두었다가 자신이 원하는 답을 얻어낼 수 있었다.

사도옥은 이곳에서 왕혜령을 고문하고 난 다음 책자를 가진 자들과는 따로 정한 장소에서 만날 예정이었다.

하지만 약속 장소가 어디인지는 아쉽지만 사도옥만 알고 있었다.

아마 정해진 시간이 지나도 사도옥이 나타나지 않으면 그들은 불길한 기운을 감지하고 어딘가로 숨어버릴 게 틀림없었다.

"이제 어떻게 하죠?"

영평공주는 두려움에 온몸을 떨었다. 책자를 찾지 못하면 지금까지 고생한 모든 것이 물거품으로 변한다. 그녀의 목숨은 물론이고 황실의 운명도 여전히 바람 앞에 놓인 등불처럼 위태로운 상황이나 마찬가지였다.

기무결도 생각지 못한 일에 당혹스럽긴 마찬가지였다.

너무 성급했던 것 같았다. 최소한 사도옥이 책자를 가지고 있는지 확인을 하고 죽여도 죽였어야 했다.

설마 그렇게 중요한 것을 나중에 가지러 갈 줄 누가 짐작이나 했겠는가?

하나 일이 좀 꼬이긴 했지만, 그렇다고 아예 방법이 없는 것도 아니었다.

접촉하는 장소를 알지 못하면 새로운 접촉 장소를 만들면 그만이다.

이치는 생각보다 간단하다. 사도옥이 무림의 세가와 연락을 주고받은 건 전서구일 가능성이 높았다. 그렇다면 사도옥의 필체를 위조해서 이번에 동원한 무림의 문파들에게 변고가 생겼다는 것을 알리고 새로운 접촉 장소를 알려주는 것이었다.

'틀림없이 미끼를 물 거다.'

하지만 그러기 위해서는 선행되어야 하는 일이 있었다. 우선 사도옥의 필체를 알아야 하고 이번에 동원한 무림의 문파가 정확히 어떤 곳들인지도 중요했다. 사도옥의 필체는 모르지만, 그건 그리 중요한 것이 아니었다. 부상을 당한 것처럼 꾸민 다음 대충 흘겨 쓰면 필체 하나쯤은 감쪽같이 속일 수 있었다. 거기에 감찰총국이 사용하는 직인만 찍으면 완벽할 것이었다.

八

문제는 사도옥이 어떤 문파들을 동원했는지 알아내는 것이었다.

제갈세가와 남궁세가는 확실히 알고 있었지만, 나머지 문파들은 복면을 하고 있어서 확실히 알아내진 못했다. 그래도 싸우면서 느낀 건 팔십여 명의 공력을 비슷한 성질끼리 묶으면 여덟 개로 나눌 수 있다는 것이었다.

그렇다는 건 아마 여덟 개의 문파가 동원되었다는 소리.

그리고 복양에 인접한 문파들만 추리면 대충 답은 나온다.

당장 제갈세가와 남궁세가만 봐도 알 수 있었다.

'참, 여덟 개의 문파 중 한 곳은 내공의 성질이 아주 사이했지.'

기무결은 왕혜령에게 복양에서 가까운 곳 중에 사파의 문파가 있는지를 물었고, 왕혜령은 조금 생각하다 혈뢰곡을 떠올렸다.

"그곳이 어디에 있습니까?"

"안휘성에 있어요."

"흐음, 제갈세가와 그리 멀지는 않겠군요."

이걸로 충분하다.

그는 사도옥의 시신을 뒤져 도장을 찾아냈다. 평소에도 이곳저곳 연락을 하고 명령을 내리는 신분이다 보니 이런 도장은 항상 소지하는 것이 기본이었다.

기무결이 도장을 영평공주에게 건네주고 자신이 생각해 낸 계획을 그녀에게 알려주었다.

"그, 그걸 왜 저에게 알려주시는 거죠?"

"소생이 해줄 수 있는 건 여기까지인 것 같습니다."

"예? 그, 그게 갑자기 무슨……."

"이제 공주님을 죽이려는 자들도 없으니 관아를 찾아가 지원을 요청하시든, 아니면 황실로 돌아가 병력을 이끌고 오시든 공주님 편하실 대로 하시라는 겁니다."

갑자기 이별을 고할 줄은 생각도 못한 일이었다.

영평공주는 당황한 나머지 아무 말도 하지 못하고 고개를 숙였다.

여기서 더 부탁을 하면 그건 사람도 아니라는 것은 누구보다 영평공주가 더 잘 알고 있었다.

모든 것이 다 그녀를 구하기 위해 시작된 싸움이었다. 기무결의 몸은 피로 목욕을 한 듯 크고 작은 부상으로 가득했다. 조금이라도 염치가 있는 사람이라면 더 이상 부탁할 마음조차 가질 수 없어야 정상이었다.

하지만 영평공주는 지금 기무결밖에 믿고 의지할 수 있는 사람이 없었다.

적들의 세력은 황실 곳곳에 뻗어 있었다. 심지어 그녀와 함께 자라왔던 시녀조차 적들이 심어놓은 간세였단 사실을 최근에 알고 경악하고 말았다. 그 이후로 그녀는 누구도 믿지 못했다. 누가 언제 배신을 할지 몰라 전전긍긍하며 살아야만 했다.

기무결은 애써 모른 척 그녀의 마음을 외면했다.

더 이상 영평공주를 도와줄 시간이 없었다. 아니, 무림맹으로 빨리 돌아가 봐야 한다는 말이 정확할 것이었다. 이번엔 보물 때문만은 아니었다. 화은설의 안위가 더 걱정이 되었다. 그녀를 죽이려는 자들이 지금 이 순간에도 마수를 펼치지 말라는 법이 없었다. 오히려 자신이 없는 지금이 절호의 기회였다. 만약 마수를 펼치려 한다면 지금이 최적의 시기였다.

"소저도 이제 그만 집으로 돌아가십시오."

이번에는 왕혜령에게 말했다.

"고, 공자님!"

"어쩌면 육문칠가에서 복수를 하기 위해 몰려올지도 모릅니다. 그때는 소저를 지켜 드릴 수 없으니 가능한 빨리 집으로 돌아가야 합니다."

왕혜령은 더 이상 고집을 부릴 수 없었다.

육문칠가는 확실히 무서운 곳이었다. 천왕세가의 힘으로는 도저히 어찌해 볼 수 있는 곳이 아니었다. 그렇다고 죽는게 무서워 도망치려는 것은 아니었다. 이번에도 경험한 일이지만, 괜히 고집을 부리다 기무결의 짐만 될 뿐이었다.

그래도 야속한 건 어쩔 수 없었다.

이렇게 자신의 마음을 모르고 무심할 수가 있을까?

그녀는 바라는 건 오직 하나, 기무결과 함께하는 것이었다. 죽음 따위는 두렵지 않았다. 기무결과 함께라면 어떤 어려움도 함께 극복하고 온갖 역경도 뚫고 나갈 수 있을 것 같았다. 하지만 기무결의 단호한 표정에 목구멍까지 치밀었던 것을 꿀꺽 삼켜야 했다. 대신 그녀는 영평공주를 쳐다보며 말했다.

"공자님, 공주님이 너무 불쌍해요. 함께 책자만 찾아드리면 안 될까요? 그동안 고생한 것도 있는데, 이렇게 포기하기에는 왠지……."

어떻게 해서든 기무결과 조금이라도 더 같이 있고 싶은 생각뿐이었다.

하지만 그녀의 말이 채 끝나기도 전에 기무결의 모습은 저 멀리 사라져 갔다.

九

마음만 급하다고 해결될 일은 아무것도 없다.

오히려 이럴 때일수록 더욱 냉철하게 접근해 나가야 한다는 것은 만고불변의 법칙이었다.

하지만 머리로 알고 이해하고 있다고 해서 모두가 다 그렇게 할 수 있는 건 아니었다. 오히려 그렇게 하지 못하는 사람이 대부분이라 할 수 있었다.

그런 면에서 기무결은 확실히 특별한 존재였다.

지금 그의 마음은 급하다 못해 한 마리 새가 되어 무림맹으로 날아가고 싶은 심정이었지만, 그렇다고 서두르지는 않았다.

우선 화은설이 무림맹에 있는지가 의문이었다.

적들 입장에선 가급적 무림맹 밖에서 사고를 위장해 화은설을 죽이는 게 가장 안전한 방법이었다. 지금은 학기 중이라 밖으로 내보내는 일이 결코 쉽지 않았다.

하나 만약 화은설이 학기 중임에도 밖으로 나간다면 그땐 두 번 다시 무림맹으로 돌아올 수 없는 죽음의 함정이 기다리고 있을 것이었다.

그래서였다.

기무결은 무림맹으로 서둘러 돌아가려고 하기보다는 화은설이 어디에 있는지부터 확인하는 것이 먼저라고 생각했다. 시간을 절약해야 했다. 무림맹으로 돌아갔다가 만에 하나 화은설이 없다면 그땐 천하의 기무결도 해결할 수 없었다.

놀랍도록 냉철한 판단이었다.

어지간한 사람은 마음이 급해서 무조건 무림맹으로 돌아갈 생각부터 할 것이었다.

하지만 어떻게?

무림맹의 지부를 찾아가 화은설의 행방을 물어볼 수는 없는 노릇이었다.

그렇다고 기무결이 직접 찾으러 나설 수도 없었다.

그때, 기무결은 문득 마황성이 떠올랐다.

마황성은 천하 곳곳에 지부가 있어서 사람을 찾기에는 안성맞춤이었다. 또한 자신에게 호의도 가지고 있으니 부탁을 하면 거절하지 않을 것 같았다.

때마침 가까운 곳에 마황성의 하남지부가 있었다.

기무결은 망설이지 않고 하남지부로 향했다.

✝

정무마황!

이 한 단어에 당금 무림의 형세가 담겨 있었다.

정파에는 무림맹이 있다면 마도에는 마황성이 있다.

무림맹과 마황성은 곳곳에서 경쟁을 벌이고 있었는데, 그건 천하 곳곳에 퍼져 있는 지부의 규모나 건물 등에서도 예외는 아니었다.

마황성의 하남지부는 휘하에 수하만 오백 명이 넘었다.

지부의 부주가 삼십 년 전에 대별산 일대를 공포로 몰아넣었던 전대 마두였고, 그의 밑으로 당주나 향주 등도 상당한 고수들이었다. 그 규모나 전력 면에서 어지간한 군소방파는 상대가 되지 않았다. 오죽하면 군소방파의 향주로 있느니 하남지부의 수문지기로 취직을 하는 게 더 목에 힘주고 사는 비결이란 말이 떠돌 정도였다.

이건 결코 빈말이 아니었다.

하남지부에는 하루에도 수십 명이 넘는 사람이 청탁을 하거나 친분을 쌓으려고 찾아오곤 하는데, 대부분 수문지기의 손에 패해 문턱도 밟지 못한 채 돌아서는 경우가 허다했다. 이번에만 해도 그랬다.

수문지기들은 고압적인 자세로 기무결을 가로막았다.

사전에 약속이 되어 있는 사람이라면 안에서 벌써 사전 지시가 내려왔을 테지만, 그런 게 없다는 건 불청객이란 뜻이었다.

"네 이놈, 썩 물러가지 못할까?"

"그래도 혹시 모르니 연락을 취해보시오."

자신의 이름을 말하면 통할지도 몰랐다.

"소생은 기무결이라 하오."

"맙소사!"

"서, 설마 일초무적자!"

수문위사들이 이름만 듣고도 안색이 홱 변했다.

고압적이던 표정이 순식간에 사라지고 사색이 된 표정으로 바닥에 넙죽 엎드렸다.

"감히 기 대협인 줄도 모르고 소인들이 무례를 범했습니다."

"그대들이 소생을 알고 있소?"

"어찌 일초무적자를 모르겠습니까? 지금 안에 마황칠패 어르신들이 와계십니다."

"아, 그렇소?"

듣던 중 반가운 소리였다.

마황칠패는 기무결이 찾아왔단 말에 신발을 신을 정신도 없이 헐레벌떡 달려 나왔다.

마침 그들도 하남지부의 병력을 이용해 기무결의 행방을 찾으려던 중이었다.

이건 복덩이가 제 발로 굴러들어온 것이나 마찬가지였다. 무엇보다 자신들이 구파일방보다 먼저 찾았다는 것이 중요했다.

하지만 그들의 환호가 미처 끝나기도 전이었다.

동창 제독이 동창의 요원들을 이끌고 하남지부 안으로 들이닥쳤다.

第八章
사방의 적

一

　동창은 나는 새도 떨어뜨리는 무소불위의 권력을 지닌 곳
이었다.

　최근에는 감찰총국에 밀려 그 존재감이 많이 약해졌다 해
도 여전히 공포의 대상으로 통하고 있었다.

　동창의 제독은 어떤가?

　하늘의 태양은 져도 그의 권력은 영원히 지지 않을 것이라
는 말이 떠돌 정도로 막강한 권세를 가진 사람이 바로 동창의
제독인 것이다.

　일인지하 만인지상.

황제 외에는 누구에게도 고개를 숙이지 않고 누구의 명령
도 듣지 않는다는 그가 직접 요원들을 이끌고 들이닥쳤으니
천하의 마황칠패조차 당황한 것은 당연지사.

아무리 생각해도 마황성이 동창에 잘못한 일이 없었다. 더
구나 제독이 직접 요원들을 이끌고 나타났다는 건 그만큼 사
안이 심각하다는 증거가 아니고 무엇이겠는가? 마황성의 힘
이 아무리 크고 강해도 동창과 마찰을 일으켜서 좋을 게 하나
없었다.

하지만 그런 것이 아니라는 것을 깨닫기까지는 그리 오랜
시간이 걸리지 않았다.

황제 외에는 누구에게도 고개를 숙이지 않는다는 동창의
제독이 기무결에게 다가가 정중하게 허리 숙여 인사했다.

"기 대협이시지요? 동창의 제독이라 하오."

"소생을 아십니까?"

"어찌 천하제일의 고수이신 기 대협을 모를 수 있겠소?"

깍듯했다.

기무결을 대함에 한 치의 소홀함도 없었다.

이건 단순히 인재를 영입하는 것과는 차원이 다른 문제였
다.

천하의 운명이 걸린 일이었고, 기무결의 도움이 없이는 절
대 해결할 수 없는 일이었다. 그렇다는 건 유비가 삼고초려를

해서 제갈량을 모셔 갔듯 그도 극진한 예로 기무결을 황실로 모셔야 한다는 뜻이었다.

하지만 막상 기무결을 보니 놀랍기 그지없었다. 젊어도 너무 젊었다. 소문으로 이미 알고 있긴 했지만, 이렇게 젊은 사람이 단신으로 감찰총국을 박살 내고 육문칠가의 팔십여 명 고수를 죽였다는 사실이 도무지 믿어지지 않았다.

한편, 기무결은 상대가 다른 사람도 아닌 동창의 제독이라는 것에 의문이 들었다.

"혹시 소생에게 무슨 볼일이라도 있습니까?"

"황상을 대신해서 공주님을 구해주신 은혜, 평생 잊지 않겠소이다."

"아! 공주님을 만났다니 다행이군요."

마침 영평공주에 대한 걱정이 조금은 남아 있어서 왠지 미안하게 느껴지던 차였기에 잘됐다 싶었다.

하나 그것도 잠시.

영평공주와 헤어진 지 얼마 되지 않았는데 어떻게 그녀를 만나고 또 자신을 따라올 수 있었던 것인지 의문이 들었다. 시간상으로는 도저히 불가능한 일이었다.

제독이 기무결의 마음을 알았는지 가볍게 미소를 지었다.

"이상하게 생각하는 것도 당연하오. 기 대협께서 충분히 의심을 품을 만한 상황이지요. 하지만 동창에서는 처음부터

기 대협과 공주님이 같이 있다는 정보를 입수하고 객잔으로 향하던 중이었소."

그러던 것이 중간에 기무결과 영평공주가 헤어졌다는 정보가 다시 들어오면서 인원을 둘로 나누었던 것이다.

"의외로군요. 제독께서 공주님께 가지 않고 소생을 찾아올 만한 이유라도 있습니까?"

단순히 공주를 구해준 답례나 하자고 찾아온 게 아니라는 것쯤은 진작에 느끼고 있었다.

"기 대협께서 단도직입적으로 물어보시니 저도 거두절미하고 대답을 하겠소. 황실은 기 대협의 능력이 필요합니다. 부디 천하를 위해서라도 황실을 도와주시기 바랍니다."

二

관과 무림이 서로의 구역을 침범하지 않는다는 것은 세 살 먹은 어린아이도 알고 있는 일이었다. 무림에서 명성이 자자한 자치고 관에 투신해서 관직을 얻고 살아가는 사람은 거의 없었다. 간혹 있다고 해도 무림에서는 변절자로 취급하기 일쑤였다.

"제독께서는 농담도 잘하시는군요."

농담이 아니라는 것은 기무결이 더 잘 알고 있었지만, 그냥 농담으로 취급하고 은근슬쩍 넘어가려 했다.

그나마 상대가 제독이라 대놓고 거절하지 않았다.

제독이 조금이라도 생각이 있는 사람이라면 자신의 뜻을 확실히 느꼈을 터.

애초에 황실로 뛰어드는 무림인들을 변절자 취급하는 분위기를 모를 리 없을 텐데도 이런 제안을 하는 것 자체가 문제였다.

거절하기도 쉬웠다.

변절자가 되고 싶지 않다면 더 이상 강요할 수조차 없었다.

하지만 제독은 집요했다.

그는 더 간곡한 표정으로 물고 늘어졌다.

"기 대협, 이건 단순히 개인의 영달을 위해 황실로 뛰어들라는 것이 아닙니다. 천하의 안위가 달린 일이오. 황실을 구할 수 있는 사람은 천하에 오직 한 명, 기 대협밖에 없소. 부디 우릴 도와주십시오."

제독의 체면을 생각하면 이건 거의 구걸하다시피 하고 있다고 해도 과언이 아니었다.

하나 그 누구도 제독을 이상하게 생각하는 사람이 없었다. 제독의 등 뒤에 질서정연하게 서 있던 동창의 요원들도 허리를 굽혀가며 기무결에게 부탁했다. 아마 사전에 제독이 그렇게 하라고 지시를 내린 것 같았다.

'끙!'

기무결은 제독이 이렇게까지 나올 줄 몰라 적잖이 당황했다.

그렇다고 그가 황실로 가는 일은 절대 없다. 그건 곧 금광과 살수천자의 보물을 포기하라는 것과 마찬가지이기 때문이었다.

기무결은 살수천자의 오천만 냥 중 천만 냥만 찾았음에도 중원십대전장 중 하나인 대명전장을 좌지우지할 수 있는 큰손이 되어 있었다. 하물며 금광을 모두 캐고 나머지 사천만 냥까지 모두 찾으면 그는 고금 이래 따라올 사람이 없을 만큼 엄청난 거부가 될 것이었다.

한데 이 모든 걸 포기하고 황실로 가라고?

생각할 가치도 없는 소리였다.

"제독의 말은 못 들은 것으로 하겠습니다."

"자, 잠깐 기 대협! 어떤 관직을 원하시오?"

"갑자기 그게 무슨 말입니까?"

"기 대협께서 원하시는 관직이 있다면 바로 자리를 내드릴 수 있다는 겁니다."

"뭐, 뭐라구요?"

"공신의 반열을 원하십니까?"

너무 쉽게 말해서 공신의 반열이 길가에 차이는 돌멩이쯤으로 생각될 정도였다.

하지만 공신의 반열은 나라에 공을 세운 사람에게 내어주는 것으로 그 혜택은 엄청나다고 할 수 있다.

공신의 작위는 세습이 가능하다.

이는 자자손손 황실에서 주는 녹을 먹을 수 있다는 뜻이었다.

어디 그뿐인가?

거대한 장원이 전해지고 땅을 하사받는 건 기본이다.

면책이 한 번은 주어져서 큰 잘못을 해도 한 번은 죄를 탕감받을 수 있게 된다. 이 또한 세습이 가능해서 혹시라도 후손이 대역죄를 지어도 마찬가지로 죄를 탕감받을 수 있다.

하나 기무결은 시큰둥한 표정을 지었다.

어차피 황금과 보물만 찾으면 중원을 떠나 살 것이니 거대한 장원이니 면책 따위는 그리 중요치 않았다.

제독은 그럴 줄 알았다는 듯 재빨리 말을 이었다.

"그럼, 이건 어떻겠소? 기 대협이 정이품의 대장군직을 원하면 능히 대장군 자리를 내드릴 것이고, 육부의 수장이 되고 싶다면 그것 또한 내드릴 것이오."

파격적인 제안이었다.

다른 사람도 아닌 동창의 제독이 하는 말이었다.

천하의 기무결도 이때만큼은 벌린 입을 다물지 못했다.

정이품의 대장군의 자리가 무슨 애들 장난도 아니고 마음

대로 내어줄 수 있는 그런 게 결코 아니었다.

육부의 수장은 또 어떤가?

흔히 육부상서로 통하는 육부의 수장 또한 정이품의 고관대작의 자리였다.

관직에 투신한 관리들이라면 평생 한 번이라도 하고 싶어서 목숨을 내걸면서까지 간절히 원하는 것이 육부의 수장인 것이다.

"그, 그런 건 과거 시험을 치르고 관직을 얻어야 가능한 일 아닙니까?"

"모든 일에는 예외라는 것이 있소. 황실을 구하고 천하를 위하는 일인데 그깟 관직이 대수이겠소이까?"

이쯤 되면 기가 질릴 판이었다.

그만큼 제독은 필사적이었다.

三

그때, 옆에서 꿔다놓은 보릿자루마냥 가만히 지켜보던 마황칠패가 단단히 화가 난 표정으로 끼어들었다.

"자, 잠깐!"

이곳은 마황성의 하남지부였다.

그건 곧 마황칠패가 주인이나 다름없다는 뜻이었다.

한데 이건 적반하장도 아니고 동창이 주인처럼 행동하고 있는 게 아닌가?

가만히 지켜보자니 울화가 치밀어 견딜 수 없었다. 그들이 점찍은 기무결을 눈앞에서 낚아채 가려 하다니. 아무리 동창과 마찰을 일으켜서 좋을 게 없다지만, 이렇게까지 무시를 당하고 있을 순 없었다.

"이보시오, 제독. 우린 안중에도 없소?"

"이 아이는 이미 우리가 마황성의 차기 성주로 점찍었으니 그대는 그만 물러가시오."

흠칫!

전혀 예상치 못한 일이었다.

제독의 마음은 더욱 초조해졌다. 그는 기무결의 마음을 설득하는 것에만 집중하고 있었지 다른 경쟁자가 있을 줄은 생각도 못한 일이었다.

마황성은 결코 쉽게 볼 수 있는 상대가 아니었다.

만에 하나 기무결이 정말 마황성의 차기 성주가 된다면 황실의 드리운 암운을 해결할 사람도 사라지게 되는 것이다. 기무결이 관직에 별다른 반응을 보이지 않은 것이 혹시 마황성 때문이 아닌가 싶어 가슴이 철렁 주저앉았다.

그렇다고 여기서 포기할 마음은 없었다.

확실하게 기무결의 마음을 사로잡을 뭔가가 필요했다.

"기 대협, 황실에서는 공신의 반열은 기본으로 제공해 드릴 것이고, 정이품의 관직까지 내릴 것이오."

갑자기 조건이 달라졌다.

이것만으로도 엄청난 것이거늘 제독은 여기서 멈추지 않았다.

"천하의 미녀는 어떻소? 황실에서 하사하는 장원에 천하의 온갖 미녀들로만 채워 드릴 수도 있소이다."

젊은 혈기에 여색에 강한 사람 없는 법.

제독은 승부수를 던진 셈이다.

천하의 온갖 미녀가 모여 있는 곳이 황실이었다.

권력과 명예, 그리고 관직과 여색까지.

대장부라면 누구나 한 번쯤 꿈꾸어봤을 듯한 것을 모두 제시한 것이다.

어느 누가 이런 것에 혹하지 않겠는가?

당장 나이가 지긋한 마황칠패만 해도 마음이 혹할 정도였다.

이건 파격을 넘어 감언이설 수준이었다.

어느 정도 실현이 가능해야 믿어주기라도 하지.

설령 황제라도 이것들을 모두 맞춰주는 건 불가능해 보였다.

"이보게, 현실적으로 생각하게. 저런 감언이설에 현혹되어 변절자란 오명을 뒤집어쓸 건가?"

제독의 눈썹이 무섭게 꿈틀거렸다.

"가, 감언이설?"

그러거나 말거나 이제 마황칠패는 동창과의 마찰 따위는 두렵지도 않았다.

마도에도 미녀는 많다. 당장 왕혜령만 해도 강북제일미로 명성이 자자하지 않던가?

거기에 십만이 넘는 마도인을 수족 다루듯 부릴 수 있다. 무림맹을 쓸어버리고 사파마저 정리하면 무림을 일통할 수 있었다. 그럼 무림의 황제로 등극하는 것도 불가능한 일이 아니었다.

하지만 왠지 황실의 제안에 꿀리는 것이 너무 많았다.

그래서 현실적이란 단어를 강조했다. 말을 하고 보니 제독과는 건널 수 없는 강을 건넌 꼴이 되었지만, 아무래도 상관없었다.

"마황칠패, 그대들이 감히 본제독을 무시하고도 무사할 것 같소?"

"흥, 마황성은 누구도 두려워하지 않소."

"으으, 감히?"

제독과 마황칠패가 서로를 노려보며 으르렁거렸다.

기무결은 벌써부터 머리가 지끈거렸다.

자신을 두고 싸움이 벌어질 줄 누가 짐작이나 했겠는가?

그는 황실로 가는 것도 싫었지만, 그렇다고 마황성주가 되는 것도 싫었다.

하나 이대로 두었다간 자신 때문에 마도와 황실 사이에 전쟁이 벌어질 것 같았다.

기무결은 지금 화은설의 행방을 찾는 것이 중요했다.

그는 마황성에게 부탁하기 위해 하남지부를 찾은 것이었다. 한데, 어쩌면 동창이 더 빨리 찾아낼 수도 있겠다는 생각이 들었다.

'그렇군. 이게 결코 나쁜 것만은 아니야.'

기무결은 최대한 마황칠패와 제독의 관계를 이용할 생각이었다.

"자자, 이렇게 싸울 것이 아니라 공정하게 대결을 하는 게 어떻겠습니까?"

"대결?"

"그리 어려운 건 아닙니다. 소생이 이곳에 온 것은 화은설 소저를 찾기 위해서인데, 먼저 찾아내는 곳에 높은 점수를 드리겠습니다."

결코 그곳에 가겠다는 말은 아니었다.

하지만 마황칠패나 제독에게는 그렇게 들렸다.

四

―육문칠가가 무너졌다.

　―우내오존 제갈기의 일검칠성진법이 파괴되고 남궁학이 쓰러졌다.

　―감찰총국이 궤멸당했다.

　소문은 거대한 파도가 되어 천하무림을 강타했다.

　그건 진정 충격적인 일이었다.

　누구의 입에서 시작된 소문인지는 아무도 몰랐다.

　하지만 복양이란 곳에 육문칠가의 고수들이 모여들었다는 것은 부인할 수 없는 현실이었고, 어느 날 그들이 하늘로 증발한 것처럼 누구도 볼 수 없게 되었다는 것도 엄연한 사실이었다. 그래서 소문은 더 설득력을 얻었다.

　그럼에도 불구하고 대부분의 사람이 거짓말로 치부했고, 심지어는 어떤 것이 더 황당한 소문인지 말다툼을 벌이는 경우도 생겨났다.

　어쩌면 당연한 일인지도 몰랐다.

　어느 것 하나 쉽게 믿을 만한 것들이 없으니 말이다.

　하나 소문이 사실이라는 것을 알고 있는 사람도 있었다.

　그들은 바로 병력을 보냈던 자들이었다.

　장내는 무거운 침묵이 흘렀다.

　정천팔룡은 아무도 입을 여는 사람이 없었다.

이제 그들은 더 이상 정천구룡이 아니었다. 남궁학이 죽는 순간 정천구룡이란 이름은 역사의 뒤안길로 사라진 셈이었다.

사실 그것만으로도 충분히 자존심이 상하는 일이었다.

지금까지 누구도 그들의 권위에 도전한 자가 없었는데, 이건 왠지 누군가 자신들의 권위에 도전한 듯한 인상을 지울 수 없었다.

하지만 그보다 더 큰 문제는 육문칠가의 전력이 이번 사건으로 인해 절반 이상이 날아가 버렸다는 것이었다.

이는 생각보다 심각한 일이었다.

육문칠가는 강력한 힘을 바탕으로 천하무림 위에 군림해 오고 있었다.

그리고 그 힘은 고스란히 무림맹으로 향했다.

특히 구파일방을 밀어내고 무림맹의 실권을 장악해 전권을 휘둘러 올 수 있었던 데에는 육문칠가의 힘이 절대적이라 할 수 있었다.

한데 그게 절반 이상이 사라져 버린 것이다.

당장 구파일방을 견제할 만한 뾰족한 방법이 떠오르지 않았다. 어쩌면 무림맹의 권력을 계속 유지해 나갈 수 있을지도 의문이었다.

그렇다고 잃어버린 힘을 회복하는 것도 쉽지 않았다.

우내오존 제갈기가 누군가?

그는 제갈세가의 최고 고수이며 일검칠성진법을 창시한 인물이었다.

그의 명성은 가히 절대적이어서 무림맹의 맹주인 제갈무외조차 대체하기 어려웠다.

남궁학은 또 어떤가?

그는 남궁세가의 현 가주였다.

가주를 잃은 자체만으로도 남궁세가의 명성은 크게 떨어졌다고 해도 과언이 아니었다. 하물며 칠대장로들까지 한꺼번에 잃었으니 명성이니 자존심이니 그런 게 중요한 것이 아니었다. 절기들이 끊어지고 사라져 존립 자체를 걱정해야 할 판이었다.

그에 비하면 황보세가와 하북팽가, 그리고 단천폭뢰장과 철권무적대는 그나마 상황이 괜찮은 편이었다. 그들은 적어도 가주가 죽거나 대체 불가능한 고수가 죽은 건 아니기 때문이었다. 하지만 그래서 더 문제였다.

그들은 힘의 균형을 맞추기 위해 제갈세가와 남궁세가보다 더 많은 고수를 보냈다. 제갈세가에서 열 명의 고수가 왔다면 그들은 스무 명의 고수를 보내는 식이었다. 그리고 그 스무 명의 고수는 세가나 문파 내에서 내로라하는 고수들이었기 때문에 전력의 약화는 불을 보듯 뻔한 일이었다.

정천팔룡은 당장 소문이 퍼지는 걸 막는 한편, 사태를 수습하는 데 안간힘을 썼다.

먼저 그들은 소문이 거짓말인 것처럼 만들어갔다. 가뜩이나 믿기 어려운 소문들인지라 그들의 전략은 쉽게 통했다. 그다음은 팔십 구가 넘는 시신을 재빠르게 수습하는 것이었다. 흉수를 찾아내는 건 마지막 일이었다. 아직 흉수가 누구인지 밝혀진 것이 없었지만, 시신에 생긴 상처들을 보며 조사하면 누구의 소행인지 밝혀지게 되어 있었다.

하지만 막상 시신을 보고 난 다음에는 뭔가 잘못되었다는 것을 깨달았다. 팔십 구가 넘는 시신이 온몸이 난도질이 되어 무슨 수법을 사용했는지 알아내기 어려웠던 것이다.

"맹주, 이건 무슨 수법인 것 같소?"

"흐음, 이런 수법은 처음 보는 것 같소. 칼이나 검으로는 절대 이런 상처들을 만들 수 없소."

상처만 보면 마치 한 사람에게 당한 것 같은 느낌이었다.

정천팔룡은 이내 고개를 흔들었다. 그건 아무리 생각해도 터무니없는 일이었다.

그렇다고 아예 부정할 수도 없는 것이, 상처들의 흔적이 너무도 독특해서 결코 다른 누군가 흉내 내는 것도 어려워 보였다. 설령 그들이라 해도 이렇게까지 날카롭고 예리하게 온몸을 난도질할 순 없었다. 그때, 황보명이 무언가를 발견하고 소스라치게 놀랐다.

"맹주, 이것 보시오. 이건 화씨세가의 박투술 같소."

"억?"

정말이었다.

난도질되어 있던 상처 속에 숨어 있어서 놓치고 있던 것이었다.

제갈무외는 즉시 다른 시신들의 상처도 살펴보았다. 역시 마찬가지였다. 어떤 시신에는 아예 없는 것도 있었지만, 절반이 넘는 시신의 몸에 화씨세가의 박투술에 당한 흔적이 새겨져 있었다.

시신들의 상처에 난 흔적은 뇌강도 보고 있었다.

그는 처음부터 시신들의 몸에 난 상처가 어쩌면 천무은형 잠종대법의 풍형일지도 모른다고 생각하고 있었다. 천하에 이런 식으로 상처를 만들 수 있는 건 오직 풍형밖에 없었다. 때문에 기무결을 의심하고 있었는데, 그게 사실일 줄이야.

'으으, 그 멍청한 놈이 지금 무슨 짓을 하고 다니는 것이냐?'

절로 소름이 돋았다.

이건 생각보다 더 엄청난 것이었다.

그는 최근에 무림맹에 붙어 있는 날보다 자리를 비운 날이 더 많았지만, 제갈무외를 비롯해서 다른 사람들은 이젠 그러려니 하고 포기한 상태였다.

뇌강은 누구보다 정신없이 바빴다. 남경에 가서 기무결의 과거를 지웠고, 또 무산으로 넘어가 금광을 확인도 해야 했다.

금광은 진짜였다.

기무결은 정말 금맥을 발견했고, 그에게 제대로 된 금광을 알려준 것이었다.

금광에 얼마나 많은 금이 묻혀 있는지는 몰랐지만, 그는 이제 부자였다. 살수천자의 오천만 냥이 부럽지 않았다.

하지만 금을 캐는 것이 문제였다.

개인이 금광을 소유할 수 없기 때문에 은밀하게 금을 캐야 하는데, 혼자서 하기에는 평생이 걸려도 부족할 수 있기 때문이었다. 그는 계획을 세우기 위해 일단 무림맹으로 돌아왔었는데, 갑작스럽게 이런 사태가 벌어진 것이었다.

"으음."

깊은 침묵이 정천팔룡을 뒤덮었다.

이것으로 흥수의 정체는 확실해졌지만, 누구도 선뜻 말을 할 수 없었다.

도무지 믿기 힘든 일이었다. 팔십여 명의 고수가 시정잡배였다면 차라리 이해라도 하지.

이건 하나같이 육문칠가를 대표하는 엄청난 고수들이었다. 그런 그들을 겨우 한 명이 몰살시켰다는 게 말이나 될 법한 일이던가?

"그, 그렇다면 감찰총국도 놈의 손에 당했다는 소리로군."

"허, 이거야 원!"

"도대체 기무결이 인간이요, 귀신이요?"

"놈이 인간인지 귀신인지는 알 수 없지만, 사사건건 우리 일을 훼방하고 있는 것만큼은 틀림없는 사실이오."

"그럼, 사생결단을 내야지."

이제 더 이상 선택의 여지도 없었다.

기무결을 죽이지 않으면 육문칠가가 죽게 될 판이었다.

"놈을 죽일 명분이 뭐요? 아마 놈의 손에 육문칠가가 무너졌다는 것이 알려지면 천하는 온통 그놈 편이 될 것이오."

"기무결이 마황칠패와 어울리고 다닌다는 소문이 있소."

"맹주, 그게 정말이오?"

"그것뿐이 아니요. 마황성에서 놈을 차기 성주로 삼고 싶어 할 정도로 마음에 들어 하는 눈치더군."

"호오? 그 정도면 놈을 죽일 명분쯤은 충분한 것 같소."

"어쩌면 놈은 정말 마황성에서 보낸 간세인지도 모르지."

그게 아니라도 상관없었다. 처음부터 기무결은 눈엣가시 같던 존재였었다. 기무결만 아니었다면 화은설은 진작에 죽였을 것이고, 그들이 이렇게까지 궁지에 몰리는 일도 없었을 테니 말이다.

일반적으로는 이런 상황에선 무림첩을 돌려 기무결을 무림공적으로 선포했을 것이다.

하지만 그렇게 되면 기무결은 경각심을 가질 게 뻔하고 자칫 잘못하면 마황성과 결탁할지도 몰랐다.

"그렇게 되면 안 되지."

가뜩이나 육문칠가의 팔십여 명의 고수를 혼자서 몰살시킨 괴물이었다.

그런 그에게 경각심을 품게 해서 좋을 게 하나도 없었다.

"준비는 은밀하고 철저하게 한다. 그리고 기회가 생기면 육문칠가의 모든 것을 쏟아부어 반드시 놈을 죽인다."

정천팔룡이 복수의 칼을 갈았다.

뇌강은 가만히 지켜볼 수밖에 없었다.

만에 하나 자신과 기무결의 관계가 알려지는 날엔 기무결이 문제가 아니었다. 당장 자신의 목숨부터 걱정해야 할 판이었다.

五

"찾았다."

추면객 화영이 한 손에 문서를 들고 회심의 미소를 지었다.

드디어 기무결의 흔적을 발견한 것이다. 그것도 궁벽한 시골 마을의 관아에서였다. 남경에서의 실패에도 결코 포기하지 않고 끈질기게 매달린 끝에 얻어낸 값진 결과였다.

결과는 실로 충격적이라 할 수 있었다.

문서에는 기무결이 갓 전입 온 관병 행세를 하기 위해 신상을 위조한 흔적이 담겨 있었다.

이름은 똑같은 기무결이었지만, 한자 표기가 달랐다. 한어는 한자 표기만 달라도 발음이 상당히 달라지기 때문에 전혀 다른 이름으로 둔갑하곤 한다. 기무결은 그런 식으로 똑같은 이름을 사용하면서도 전혀 다른 이름인 것처럼 위장해 왔었다.

화영은 관병들이 기무결의 얼굴을 상세히 말해주지 않았다면 결코 동일인물이라 생각하지 못했을 것이었다.

무려 오 년도 넘은 일이었지만, 관병들은 똑똑히 기억하고 있었다.

그럴 수밖에 없었다. 당시 기무결은 관병 행세를 하다 갑자기 상급 기관에서 신입 관병을 보내준다는 말에 허겁지겁 도망쳐 나왔기 때문이었다. 그때 동료 관병들이 느꼈던 황당함은 이루 말할 수 없을 정도였다.

"그나저나 대단한 놈이군. 감히 관병 행세를 하며 사기를 치고 다닐 줄이야."

어지간한 사람은 감히 생각조차 할 수 없는 일이었다.

하긴, 그렇게 대담무쌍한 놈이니 버젓이 무림맹에 들어올 수도 있었을 것이다.

아무래도 좋다.

이것으로 기무결이 문서위조범이라는 결정적인 단서를 손

에 넣은 셈이었다.

남경에서는 기무결이 손을 써서 아무것도 얻은 것이 없었지만, 자신의 과거를 지우는 데도 한계가 있다. 설마 화영이 이렇게까지 집요하고 끈질기게 파고들 줄은 생각도 못한 일이었다.

결국 최후의 승자는 화영의 것이었다.

이것만 터뜨리면 기무결은 끝장이었다.

구룡겁화를 해결하고 신창양가장을 도와 삼대세가를 물리친 공도 순식간에 사라지고 천하의 온갖 질타를 받게 될 것은 불을 보듯 뻔한 일. 천하에 문서위조범에게 환호할 바보 멍청이는 아무도 없을 테니 말이다.

"그렇다면 화씨세가도 무사하지 못하겠군."

어쩌면 화진악이 죽었을 때보다 더 심각한 타격을 받을지도 몰랐다.

六

그 시각 기무결은 화씨세가의 본가가 있는 무산으로 향하고 있었다.

하남성에서 사천성까지는 만 리도 넘게 떨어져 있었지만, 기무결은 순식간에 호북성을 지나 섬서를 넘어 사천성에 도착했다. 불과 하루 만의 일이었다. 이미 인간의 능력을 초월한 기무결의 공력은 점점 더 강해지고 있었고, 경공수법은 하늘을 나는 수준으로 발전해 가고 있었다.

먼저 화은설의 행적을 찾아낸 쪽은 마황칠패였다. 그들은 화은설이 무림맹을 떠나 무산에 있다는 것을 찾아낸 것이다.

하지만 이에 질세라 동창에서 화은설이 학기 중에 본가에 간 이유를 알아냈다.

마황칠패와 동창은 서로 자신들이 이겼다고 주장했다. 화은설의 행방을 먼저 알아낸 쪽은 마황칠패였지만, 세부적인 내용 면에서는 동창이 한 수 위였다. 기무결을 차지하려는 싸움은 시간이 갈수록 치열해지고 있었다.

기무결은 무승부로 결정을 내렸다. 엄밀하게 말하면 마황칠패의 손을 들어주는 것이 맞지만, 기무결 입장에선 그들을 이용해 원하는 걸 얻어내는 것도 나쁘지 않았다.

"상단 사냥꾼이라……."

예상하지 못했던 일이었다.

본가가 위험하니 학기 중임에도 밖으로 나올 수밖에 없었던 것이리라.

역시 기무결의 예상이 맞아떨어진 것이다. 그렇다면 이모백이란 자의 뒤에 무림맹이 버티고 있을 가능성이 높았다.

"이모백이란 자는 어떤 자입니까?"

"그건 우리가 말해주겠네."

"무슨 소리. 동창이 알아낸 것이니 동창이 말해주겠소."

마황칠패와 동창의 제독은 서로 먼저 말하겠다고 싸웠다. 기무결은 실소가 터져 나오려는 것을 간신히 참았다. 어찌 보면 유치하기 짝이 없는 일 같았지만, 자존심이 걸려 있는 일이었다. 그들은 서로를 못 잡아먹어 계속 으르렁거렸다. 결국 기무결은 한참이 걸려서야 겨우 원하는 대답을 들을 수 있었다.

"그자는 상단 사냥꾼일세. 그것도 아주 악명이 자자한 자이지."

"하지만 천하에서 돈이 많기로 열 손가락 안에 드는 자일세. 그자와 돈으로 싸워서 이길 사람이 거의 없다는 뜻이지."

"으음."

기무결은 눈살을 찌푸렸다.

결국 이번에는 돈이 관건이 될 것 같았다.

하지만 돈이라면 기무결도 누구에게 뒤지지 않을 만큼 많았다.

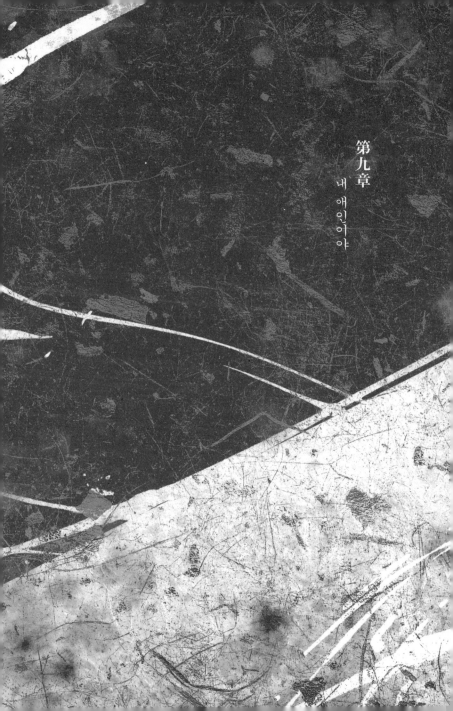

第九章
내 애인이야

부자 중에 정직한 방법으로 부를 축적한 사람은 거의 없다.

대부분 부정한 방법을 동원하거나 편법을 자행해 부를 축적했다.

정직한 방법은 시간이 오래 걸리고 힘들지만, 부정한 방법은 쉽고 빠르게 부를 축적할 수 있기 때문이었다. 이 와중에 사기를 치고 남들 눈에 피눈물 나게 만드는 일도 예사로 벌어지곤 한다. 가장 대표적인 인물이 바로 상단 사냥꾼으로 악명이 자자한 이모백이었다.

그는 부동산 사기 분야에서는 독보적인 존재였다.

그의 눈에 한 번 걸려든 먹잇감은 지금까지 그 누구도 살아 남지 못했다.

어떤 경우는 멀쩡한 상단을 위기에 빠뜨려 헐값에 사들인 적도 있었고, 어떤 경우는 부동산 사기를 일으켜 상대를 궁지 로 몰아넣은 다음 폭리를 취한 경우도 있었다. 그런 방법으로 그는 천하에서 가장 돈이 많은 사람 중에 하나가 되었다.

하지만 그는 누구보다 치밀하고 용의주도한 성격이었다.

부동산 사기를 일으켜도 절대 증거를 남겨두지 않았다. 그 는 지금까지 수없이 많은 고소 고발을 당했지만, 단 한 번도 재판에서 패한 적이 없었다. 오히려 고소 고발을 한 사람들이 무고죄로 감옥에 갇혔다.

그런 그가 이번에 노린 것은 화씨세가의 본가였다.

원래 무림의 세가와는 가급적 충돌을 하지 않는 것이 그의 원칙이었지만, 무림맹에서 허락한 이상 두려울 것이 없었다.

사실 화씨세가의 본가는 탐스러운 먹잇감이었다.

전각도 많고 땅도 넓고 커서 족히 이삼십만 냥은 나가기 때 문이었다.

아마 화씨세가의 본가가 시장에 매물로 나오면 경쟁이 상 당히 치열할 것이었다. 건물을 조금만 개조하면 객잔을 차릴 수도 있었고, 서원으로 사용하기에도 충분하다. 무산이 가까 워서 약재상들에게도 탐나는 곳이었다. 물론 화씨세가의 본가가 워낙 크고 넓어서 이 모든 것을 다 수용할 수도 있었다. 그렇다면 충분히 사십만 냥을 받을 수도 있었다.

이모백은 정천구룡에게 의뢰를 받고 곧바로 화씨세가의 본가를 집어삼키기 위한 계획에 착수했다. 이번에는 그의 특기인 부동산 사기를 사용했다. 일은 생각보다 쉬웠다. 본가를 지키고 있는 자는 제법 충성심이 강한 초 노라는 늙은이 한 명뿐이었다.

이모백은 초 노의 충성심을 파고들었다. 화씨세가는 돈이 그리 넉넉지가 못해서 전각과 건물 등을 제때 관리하기 어려웠다. 초 노의 소원은 돈 걱정 하지 않고 화씨세가의 전각과 건물 등을 관리하는 것이었다.

그는 적당한 사람을 구했다. 일종의 대리인인 셈이었다. 자신의 정체를 드러내지 않고 일을 진행하려면 대리인이 전면에 나서는 것만큼 좋은 방법도 없었다.

그는 별채를 며칠 쓰는 조건으로 삼백 냥을 제시했다. 별채는 본가 끝에 위치한 곳으로 앞쪽에는 정원이 있고 뒤쪽으로는 인공 호수도 있어서 상당히 운치가 있는 곳이었다. 유생들이 공부를 하거나 시인묵객들이 풍류를 논하기에 적합한 장소였다. 건물도 두 개나 있어서 어지간한 곳의 장원의 규모와 맞먹었다.

초 노는 처음에는 난색을 표했다가 며칠만 쓰는 것이라는 말에 생각을 달리했다. 그리고 삼백 냥이면 몇 년은 돈 걱정 하지 않고 본가를 관리할 수 있을 것 같았다. 그는 무슨 큰일 이 있겠냐 싶어 별채를 빌려주었다.

이모백은 확실하게 하는 것이 좋다며 계약서를 작성하고 계약금도 백 냥이나 주었다. 단지 며칠 쓰는 것에 비해 너무 조건이 좋아서 초 노는 이게 웬 떡인가 싶었다. 화은설에게 이 기쁜 소식을 빨리 알려주고 싶어서 몸이 근질거릴 지경이 었다.

하지만 그것이 화근이 될 줄은 꿈에도 생각하지 못했다.

그게 바로 부동산 사기의 시작이었다.

이모백은 화씨세가에서 자금난을 해결하기 위해 땅과 건 물을 판다는 소문을 퍼뜨리고 투자자를 끌어모았다. 당장 많 은 사람이 관심을 보였지만, 선뜻 투자를 하진 못했다. 아무 래도 화씨세가가 본가를 판다는 말을 믿을 수 없었기 때문이 었다.

이모백은 그럴 줄 알았다는 듯 그들을 화씨세가로 데려가 별채를 보여주었다. 그것도 삼 일 연속으로 출입했다.

"가장 먼저 별채를 팔고 점차적으로 다른 곳도 내놓을 생 각입니다."

상황이 이쯤 되면 아무리 의심이 많은 사람이라도 믿을 수 밖에 없었다. 지금까지 그 누구도 화씨세가를 출입한 적이 없었던 것이다.

결국 사람들이 의심을 풀고 투자를 결심했다.

화씨세가가 어려운 것은 사실이고 별채는 본가의 끝에 있어서 별채 하나 판다고 해서 크게 영향을 받을 위치가 아니었다.

그렇게 모인 돈이 삼만 냥을 훌쩍 넘었다.

점차적으로 다른 땅과 건물도 내놓을 거란 말에 미리 거액을 투자한 사람이 많았던 탓이었다.

그게 사기였다는 건 며칠이 지나서야 알려지게 되었다.

이모백이 내세웠던 대리인이 돈을 갖고 잠적한 걸 뒤늦게 알았던 것이다.

투자자들이 초 노에게 들이닥쳤다. 그들은 초 노가 한통속이라 생각했다. 그렇지 않고서야 별채를 그리 쉽게 보여줄 리 없었다. 더구나 그들에겐 결정적인 증거가 있었다. 바로 대리인과 초 노가 작성한 계약서였다.

─화씨세가를 위탁한다.

초 노는 자신의 눈을 의심해야 했다.

처음 작성할 때만 해도 분명 '며칠 동안만 별채를' 이란 단서가 붙어 있었는데, 황당하게도 지금은 그 말들이 쏙 빠져 있었던 것이다. 계약서에는 계약금을 즉시 지급한다는 말도 적혀 있었고, 실제로 계약금도 받았다. 더구나 계약서 말미에는 초 노의 이름과 직인도 찍혀 있었다.

초 노는 자신의 무죄를 항변했지만, 모든 정황이 그에게 불리하게 돌아가고 있었다.

二

'이건 부동산 사기야.'

화은설은 초 노가 악질 사기꾼에게 당했다는 것을 직감했다.

계약서만 놓고 보면 초 노가 화씨세가의 본가를 담보로 돈을 투자받은 격이었다. 초 노가 화씨세가의 주인은 아니지만, 최근 몇 년 동안 실질적으로 초 노 혼자서 본가를 관리해 왔기 때문에 상당히 위험한 상황이었다.

물론 화은설이 회피하고자 마음먹으면 충분히 그럴 수 있겠지만, 그렇게 되면 평생 본가를 관리해 온 초 노가 모든 책임을 뒤집어쓰게 된다.

그건 안 될 말이었다.

화은설은 돈 때문에 신의를 저버리는 행동을 할 수 없었다.

삼만 냥이라면 십분지 일 정도밖에 안 되는 금액이었다.

본가의 땅과 건물 중 일부만 팔아도 충분히 해결할 수 있는 액수였다.

하지만 이번 부동산 사기 사건과 연루된 이후 온갖 안 좋은 소문이 퍼지면서 부동산 가치가 크게 떨어졌다.

화은설은 전장에 찾아가 담보 설정 등을 알아보는 과정에서 깜짝 놀라고 말았다.

"별채만으로는 어렵습니다. 아마 지금 시세대로라면 삼현각과 채선각을 내놓아야 해결할 수 있을 겁니다."

"뭐, 뭐라구요?"

"사람들 사이에 한 번 안 좋은 소문이 돌면 가치가 하락하는 건 당연한 일 아니겠습니까?"

아무리 그래도 이건 너무 심했다. 지금 책정된 부동산 가치만 놓고 보면 사기 사건이 터지고 십 일도 안 되어서 삼분지 일로 가격이 폭락했던 것이다.

이건 결코 일부가 아니었다.

본가의 절반에 가까운 양이었다.

그것도 담보는 아예 잡아주지도 않았다.

결국 건물을 팔아야 한다는 소린데, 사건을 해결하려면 본가가 갈가리 찢겨져 나갈 판이었다.

화은설은 혹시 몰라 전장을 몇 군데 더 찾아가 보았지만, 결과는 마찬가지였다. 사기 사건과 연루된 곳을 사겠다는 사람이 있을 리 만무했다. 당연히 수요가 없으면 가격이 떨어지는 것은 불을 보듯 뻔했다.

"뭔가 이상해."

누군가 작정을 하고 가격을 폭락시켰다는 기분을 지울 수 없었다.

부동산 사기부터 가격 폭락까지 모든 일이 일사천리로 진행된 것부터가 의심스러웠다.

하지만 모든 건 심증에 불과했고 아무런 증거도 없는 상황.

지금은 무조건 사건을 해결하는 것이 먼저였다.

화은설은 마지막으로 무산전장이란 곳을 찾아갔다.

무산전장은 무산 일대에서 삼 대째 가업을 잇고 있는 곳으로 자산 규모가 상당히 탄탄했다.

무엇보다 무산전장주의 딸은 화은설과 비슷한 나이로 어려서부터 알고 지내던 사이였다. 다른 전장에서는 인정이 통하지 않겠지만, 그녀에게 사정을 얘기하면 어느 정도 융통성을 발휘해 줄지도 몰랐다.

三

각자 생각의 차이라는 것이 있다.

화은설은 어려서부터 유시향과 친하게 지내왔다고 생각했

었다.

하지만 유시향은 전혀 그렇지 않았다. 그녀는 열등감과 자격지심에 사로잡혀 화은설을 질투해 오고 있었다.

그건 꽤 오래전부터 쌓여온 감정이었다.

유시향이 좋아하던 남자들은 항상 화은설을 사랑했다.

그렇다고 유시향의 외모가 떨어지는 것이 아니었다. 단지 화은설이 너무 아름다운 것이 문제였다. 화은설만 없었다면 아마 유시향이 무산 일대 최고의 미녀로 이름을 날렸을 것이었다.

또한 유시향은 천무서원에 들어가는 것이 인생 최대 목표였었다.

하지만 그녀는 세 번이나 입학 원서를 제출했다 모두 떨어진 반면 화은설은 전무림맹주의 딸이라는 이유만으로 합격한 것이다.

생각해 보면 항상 그랬던 것 같았다.

그녀는 간절히 원해도 얻기 어려운 것을 화은설은 별다른 노력도 없이 얻는 것 같았다.

그래서였을까?

그녀는 화씨세가가 몰락했을 때 속으로 누구보다 기뻐했다. 왠지 십 년 묵은 체증이 싹 내려가는 기분이었다. 그녀는 화은설이 더 비참해지길 간절히 바랐다. 세상 사람들이 모두 화씨세가를 향해 손가락질할 때면 없던 입맛이 생겨날 정도였다.

하나 겉으로는 화은설을 위로해 주었다.

어려운 일이 생기면 누구보다 자신을 먼저 찾아오라는 말과 더불어.

그리고 지금 화씨세가에 절체절명의 위기가 찾아왔고, 화은설은 예전에 유시향이 했던 말을 기억하고 있었다. 그렇다고 단순히 옛정을 생각해서 도와달라는 뜻은 아니었다. 단지 담보만이라도 잡아서 돈을 빌려달라는 것이었다.

"향 매, 그 정도는 해줄 수 있지?"

선뜻 담보를 잡기 어렵다면 천무서원의 원생이란 신분도 있었다.

가치는 충분하다. 천무서원을 졸업하고 무림맹의 요직에 들어가면 제법 많은 돈을 벌 수 있었다. 그럼 조금씩이라도 확실하게 돈을 갚아나갈 수 있었다. 게다가 그녀에겐 산해관 지부에서 행정시험을 치를 때 얻은 인력 업체와 협력 업체가 있었다.

철위강이 갑의 지위를 이용해 계약을 파기했던 자들을 기무결이 헐값에 데려온 자들인데, 다리 공사가 본격적으로 시작되면서 인력 업체와 협력 업체에서 수익이 발생하기 시작했다. 아직은 공사가 시작된 지 얼마 되지 않아 미미한 수준이긴 하지만 시간이 흐를수록 수익은 점점 늘어날 것이었다.

"만약 담보가 부족하다면 이것도 넣는 것으로 할게."

"글쎄. 나도 도와주고 싶긴 한데, 금액이 너무 많아서. 내 독단으로 삼만 냥을 빌려주는 건 쉽지 않거든."

"그, 그렇겠지. 하지만, 어떻게 안 될까? 향 매가 아저씨에게 잘 좀 말해줘."

"휴! 아빠에게 말은 해보겠지만, 쉽진 않을 거야. 차라리 그러지 말고 땅과 건물을 파는 게 어때? 그거라면 충분히 가능할 것 같은데."

"그게 안 된다는 건 향 매도 잘 알잖아."

화은설이 단호한 표정으로 말했다.

담보를 잡으려는 것도 크게 결단을 내린 것이다.

하물며 본가를 남의 손에 넘긴다는 건 목에 칼이 들어와도 있을 수 없는 일이었다.

"그럼, 어쩔 수 없네. 그래도 일단 말은 해볼게."

유시향은 크게 인심 쓰듯 말했다.

화은설은 왠지 분위기가 이상하다는 생각이 들 때였다.

"그건 그렇고 오늘 저녁에 시간 어때?"

"저녁에?"

"소개시켜 줄 사람이 있거든. 설 매도 천하상단의 천 공자 알지?"

"천 공자라면 셋째 위지천?"

"아직 기억하고 있었네. 사실 나 천 공자와 곧 결혼할 거 같아. 결혼하기 전에 설 매에게 소개시켜 주고 싶어서."

천하상단은 천하에서 모르는 사람이 없을 정도로 대단한 곳이었다.

풍운산장의 풍운상단과 비견될 정도로 규모가 크고 천하에 지부도 수십 개나 거느리고 있어서 천하에서 대표적인 상단으로 꼽히는 곳이었다.

그런 곳과 혼인을 한다면 만인이 부러워할 일이었다.

더구나 위지천은 준수하고 총명하기까지 해서 유시향은 분에 넘칠 정도였다.

"오늘 저녁에 꼭 나와. 알았지?"

유시향은 속으로 회심의 미소를 지었다.

꼭 이렇게 해주고 싶었다. 자신은 능력 있고 훌륭한 남자와 결혼을 하는데, 화은설은 세가가 망할 위기에 처해 있으니 그녀들의 처지가 너무도 비교가 된다.

'흥, 생각이 있으면 나오지 못하겠지.'

어쩌면 담보를 생각해서라도 나올지도 몰랐다. 그럼 그때 가서 또 한 번 망신을 줄 생각이었다.

화은설은 믿는 도끼에 발등을 찍힌 기분이었다. 바보가 아닌 이상 유시향이 자신을 걱정해 주는 척하면서 실제로 이런 상황을 즐기고 있다는 것을 모를 리 없었다.

그녀는 비참한 마음으로 본가로 돌아왔다.

모두가 그녀를 조롱하고 비웃는 것만 같았다.

하지만 인생지사 새옹지마라고 했던가?

그녀가 본가로 들어서자 반가운 얼굴이 그녀를 기다리고
있었다.

"아가씨, 어디 갔다 이제 오는 겁니까?"

바로 기무결이었다.

四

화은설은 기무결의 얼굴을 보는 것만으로도 벌써 마음의
위로를 받았다.

모든 전장에서 담보를 거절당하고 어린 시절 친구였던 유
시향마저 자신을 무시하던 모습에 얼마나 마음의 상처를 받
았던가?

기운이 생겼고, 용기가 났다.

축 처져 있던 어깨에 힘이 들어갔고, 어두웠던 얼굴에 환한
미소가 돌아왔다.

"너야말로 어디 갔다가 이제 온 거야? 얼마나 기다렸는지
알아?"

기무결과 헤어진 것은 고작 이십여 일에 불과했지만, 일 년은 더 떨어져 있었던 기분이었다.

　"무림맹으로 돌아오다 잠깐 일이 생겨서……. 그나저나 영영 소저에게 들었는데 삼만 냥이 필요하다면서요?"

　"그, 그게 그렇게 됐어."

　"부동산 사기를 당했으니 담보도 쉽지 않겠군요."

　"산해관 지부에서 얻은 인력 업체와 협력 업체를 담보를 잡으려 했지만, 그것조차 안 받아주더라고. 참, 허락도 받지 않고 독단으로 결정해서 미안."

　엄밀하게 말하면 인력 업체와 협력 업체는 기무결의 것이었다.

　기무결은 자신의 명의로 하면 혹시 나중에 문제가 될 수도 있을 것 같아서 화은설과 공동명의로 했던 것이다.

　"그거야 뭐, 상관있나요."

　엄연히 사업체다.

　한 달에 백 냥은 족히 벌 수 있을 터.

　어지간한 사람은 감히 상상조차 할 수 없는 돈이었다.

　하지만 천하제일부자인 기무결에겐 그저 푼돈에 지나지 않았다.

　'흐음, 인력 업체와 협력 업체를 담보로 잡겠다고 했는데도 거부했단 말이지?'

왠지 냄새가 난다.

아무리 부동산 가치가 하락을 했다 해도 전장에서 돈이 되는 일을 마다할 리 없었다.

더구나 인력 업체와 협력 업체는 이제 막 사업이 시작하긴 했지만 담보로 삼기에는 확실한 물건 아닌가?

그렇다는 건 어쩌면 이모백이 실력 행사를 했을 수도 있다는 뜻이었다. 중원에서 가장 돈이 많은 사람 중 한 명이 바로 이모백이다. 그가 부탁을 하면 그 어떤 전장도 거부하기 어렵다. 하물며 화씨세가는 부동산 사기에 연루되어 있어서 담보를 거부할 명분도 충분했다.

이모백.

생각보다 치밀한 자였다.

삼만 냥으로 삼십만 냥의 가치가 넘는 화씨세가 본가를 집어삼키려고 할 줄이야.

대단한 자였다. 확실히 상단 사냥꾼의 전설로 불릴 만했다.

그렇다고 기무결이 이대로 화씨세가가 무너지는 걸 지켜볼 리 없었다.

눈에는 눈, 이에는 이.

돈을 앞세운 갑질엔 돈을 앞세운 갑질로 응수하는 수밖에.

"아가씨, 가죠."

"어딜?"

"삼만 냥이 필요하다면서요?"

"서, 설마 전장에 가자고?"

화은설은 별로 내키지 않았다.

가봐야 무시만 당할 게 뻔했다.

"도와주려는 마음은 알겠지만, 이미 내가……."

"자자, 일단 가보자니까요."

기무결이 화은설을 잡아끌었다.

五

자라 보고 놀란 가슴 솥뚜껑 보고 놀란다고 했던가?

공천세는 뒤늦게 보고를 전해 듣고 하늘이 노래지는 것 같았다.

대명전장의 무산지부장이 된 지 십 년이 넘은 그였지만, 이런 실수는 단연코 난생처음이었다. 그도 그럴 것이 본단에서 화씨세가와 관련된 일이라면 무조건 편의를 봐주라는 공문이 내려왔었는데, 부하 직원이 그걸 깜빡하고 담보 설정에 퇴짜를 놓았던 것이다. 물론 나름 이유는 있었다. 이모백이 찾아와 화씨세가에 어떤 담보 설정도 해주면 안 된다고 부탁을 하는데, 도저히 거절할 수 없었다는 것이었다.

하긴, 누군들 이모백의 부탁을 거절할 수 있을까?

그가 한 번 거래를 중지하면 그 어떤 전장이라도 타격을 받을 수밖에 없었다.

하지만 공천세는 생생하게 기억하고 있었다. 대명전장이 창사 이래 처음으로 단 한 사람 때문에 망하기 일보 직전까지 갔었다는 것을 말이다.

당시 의창지부장이었던 소장익은 전장에서 쫓겨난 것은 물론이고 손해배상을 청구해서 그의 모든 재산을 압류했다. 소장익은 알거지로 길거리에 나앉았고, 소문이 천하에 쫙 퍼져서 그 어떤 곳에도 취직할 수조차 없었다.

삼만 냥이라면 상당히 큰돈이었다.

그렇다고 천하십대전장 중 하나인 대명전장을 좌지우지했던 화씨세가의 능력을 감안하면 그리 많은 돈이라고도 할 수 없었다.

"하아! 도대체 이건……."

의창지부에서는 사천 냥 때문에 사단이 일어났다고 했으니 방심은 금물이었다.

그보다 먼저 화씨세가로 찾아가 사과의 뜻을 전하는 것이 먼저인 것 같았다. 그렇게 부하 직원과 전장을 나서려는 순간, 기무결이 화은설과 함께 찾아왔다.

화은설은 전장에만 오면 자신도 모르게 어깨가 움츠러들
었다. 그 어떤 무림의 고수를 만나도 이렇게까지 두려운 감정
을 느껴본 적이 없었다. 이번에는 또 어떤 수모를 당할지 속
으로 한숨만 나온다. 돈 없는 사람에게 전장의 문턱은 너무
높았다. 사정사정 부탁을 해도 지부장 얼굴 한 번 보기 어려
운 것이 현실이었다.

한데, 이게 어떻게 된 것일까?

공천세가 허겁지겁 당황한 표정으로 기무결에게 달려왔
다. 그의 옆에는 화은설을 담당했던 직원이 있었다.

"화씨세가에서 나오셨습니까?"

"그렇소."

"무산지부장 공천세입니다. 그렇지 않아도 화씨세가로
찾아가 저희 직원의 무례함을 사과드리려던 참이었습니
다."

"지부장이라고 했소? 그대는 좀 처세술을 알고 있군."

"과찬의 말씀이십니다."

지부장은 보는 사람이 민망할 정도로 저자세로 일관했다.

사람을 많이 상대하다 보니 이젠 느낌만 봐도 대충 그 사람
의 분위기를 파악할 수 있었다. 공천세는 지금 자신의 눈앞에

있는 청년이 당시 의창지부에서 실력 행사를 했던 사람이라
는 것을 본능적으로 알 수 있었다.

가슴이 싸늘해지는 순간이었다.

자칫 잘못했다면 의창지부보다 더 큰 사고를 쳤을지도 몰
랐다.

공천세는 즉시 화은설에게 허리를 숙이고 사과했다. 옆에
서 있던 부하 직원도 황망한 표정으로 화은설에게 사과했
다.

화은설은 황당해서 할 말을 잃었다. 이런 반응은 전혀 예상
하지 못했던 것이고, 꿈속에서조차 생각해 본 적이 없었다.

"이, 이게 어떻게 된 거야?"

"글쎄요."

기무결이 어깨를 으쓱거렸다.

알아서 기고 있으니 앞으로 대화가 쉬워질 것 같았다.

"지부장, 잠시 얘기 좀 할 수 있겠소?"

"그야 여부가 있겠습니까? 집무실로 안내하겠습니다."

七

장사를 크게 하는 사람치고 모든 자금을 자신의 돈으로 충
당하는 사람은 없다. 그건 자신의 수중에 여윳돈이 있어도 마

찬가지였다.

　─투자금은 사업 자금의 일 할을 넘기면 안 되고 일 년 안
에 투자금을 회수해야 하며 삼 년 안에 순수익이 총매출의 삼
할을 넘겨야 한다.

　이모백은 이를 철저히 지키는 것으로 유명했다.
　투자금이 일 할밖에 안 되면 당연히 나머지 구 할에 관한
금액은 투자자를 유치하든 아니면 전장에서 빌려서 충당한
다.
　결국 이모백은 남의 돈으로 지금의 부를 축적했다는 뜻이
었다.
　천하에 그보다 더 노련하고 훌륭한 장사꾼도 없을 터였다.
　하지만 모든 것이 완벽한 것은 아니었다.
　여기저기 새로운 사업을 하기 위해 수백 명의 투자자를 유
치했고, 전장에서 빌린 돈만 해도 백만 냥이 넘었다.
　그리고 지금 기무결은 그 부분을 파고들 생각이었다.
　"지금부터 이모백이 발행한 어음을 살까 싶은데 대명전장
도 가지고 있겠지요?"
　"가, 가지고야 있지만 그… 걸 어디에 쓰시려고?"
　"이모백이 화씨세가의 본가를 집어삼키려고 전장을 협박

한 것을 모를 줄 아시오?"

"끙!"

공천세는 아무 말도 못하고 전전긍긍했다.

"화씨세가는 지고는 못 사는 성격이오. 이모백이 돈을 앞
세워 화씨세가를 공격한 이상 우리 역시 확실하게 보여줄 생
각이오."

"서, 설마?"

공천세는 입을 떡 벌렸다.

이제야 기무결의 의도를 알았던 것이다.

한마디로 기무결은 이모백이 발행한 모든 어음을 자신이
사들인 다음 한꺼번에 터뜨릴 생각인 것 같았다. 그 금액만
수백만 냥에 달한다. 제아무리 이모백이 천하제일의 부자
라 해도 한 번에 수백만 냥의 어음을 막는 건 어려울 것이
다.

하지만 이게 과연 가능한 일일까?

수백만 냥의 어음을 사려면 현실적으로 그만한 돈이 있어
야만 한다.

그리고 무엇보다 이모백이 수백만 냥을 넘게 가지고 있다
면 충분히 기무결의 어음 공격에 방어할 수 있기 때문이있다.

"그까짓 수백 냥은 푼돈에 지나지 않으니까 돈 걱정은 할
필요 없소."

'맙소사!'

수백 냥이 푼돈이란다.

공천세는 경악한 표정으로 기무결을 쳐다보았다.

다른 사람이 말했다면 당연히 미친놈 취급을 했겠지만, 상대가 기무결이다 보니 믿지 않을 수도 없었다.

"이보시오, 지부장."

"예, 대인!"

"그대도 본점에 들어가서 성공해야 하지 않겠소?"

"그, 그야 그렇긴 하지만……."

이미 무산지부에 온 게 십 년도 넘은 일이라 성공이니 출세니 포기하고 살고 있는 중이었다.

"그대가 이번에 나를 도와준다면 내 확실하게 지부장을 밀어주겠소. 그 은혜는 절대 잊지 않겠다는 소리요."

그건 곧 자신이 앞장서서 이모백이 발행한 모든 어음을 사들이란 뜻이었다.

무조건 거절해야 하는 일이었다.

출세가 아무리 좋아도 상대는 다름 사람도 아닌 이모백이었다.

괜히 일이 잘못되면 자신만 잘못되는 것이 아니라 대명전장 전체가 위험할 수도 있었다.

"하, 하겠습니다. 믿고 맡겨주십시오."

하지만 공천세의 입에서는 전혀 다른 말이 튀어나왔다.

어차피 고래 싸움에 새우 등은 터지게 되어 있다.

만약 그가 협조하지 않으면 기무결이 어떻게 나올지 모를 일. 어쩌면 소장익처럼 알거지로 길거리에 나앉지 말라는 법도 없었다. 그렇다면 차라리 이길 만한 쪽에 붙는 게 올바른 처세술이리라.

'세상에, 수백 만 냥을 푼돈이라니.'

천하십대전장 중 하나인 대명전장이 왜 한 사람 때문에 망할 뻔했는지 알 수 있는 대목이었다.

八

화은설은 한동안 아무 말도 들리지 않았다. 심지어 이모백이 이번 부동산 사기 중심에 있다는 것을 처음 알고서도 아무 말도 할 수 없었다. 그녀는 기무결이 이렇게 부자인 줄은 몰랐었다. 돈이 많아도 너무 많았다.

하긴, 그 콧대 높던 전장에서 알아서 길 정도면 말해 무엇하겠는가?

그녀는 머릿속이 혼란스러웠다.

도저히 그녀가 알던 기무결 같지가 않았다.

"설명을 해봐."

"무엇을 말입니까?"

"정말 네가 이모백의 어음을 모두 사들일 정도로 돈이 많은 거냐구?"

"아가씨도 제가 사업 수완이 좋은 건 알잖아요."

"알지. 무일푼으로도 하루에 수백 냥을 벌 수 있는 능력을 가지고 있으니까."

화은설은 일일찻집을 떠올리며 아련한 추억에 잠겼다.

아무리 그래도 기무결의 나이에 수백만 냥을 우습게 알 정도의 재력이라는 건 쉽게 납득이 가지 않았다.

기무결은 더 이상 자신의 부를 숨길 이유가 없었다.

유일한 천적이었던 사도옥도 사라지고 없었다. 그렇다는 건 살수천자의 보물을 모두 찾아도 굳이 도망가서 살 필요가 없다는 뜻이었다.

"험험! 어린 나이부터 장사에 뛰어들었다가 제법 돈을 많이 벌었어요. 그땐 정말 고생 많이 했죠. 그렇다고 아가씨에게 돈이 많다고 자랑하고 다닐 수는 없잖아요."

하긴, 그렇기도 하다.

돈 있다고 잘난 척했다면 재수 없어 보였을 것이다.

하지만 화은설은 왠지 속았다는 기분을 감출 수 없었다.

"신표비응장도 네가 도와준 거지?"

"제 돈은 한 푼도 쓰지 않았으니까 엄밀하게 말하면 도와준 것도 아니죠, 뭐."

"고마워."

기무결이 대신 돈을 갚아주었다면 왠지 자신이 더 초라하게 느껴졌을지도 몰랐다.

그래서 더 고마웠다. 최소한 기무결은 그녀의 자존심을 다치지 않게 지켜주었기 때문이었다.

그때, 문득 그녀 앞에서 잘난 척을 떨던 유시향의 모습이 떠올랐다.

"기왕 도와준 거 한 번만 더 도와줄래?"

"예?"

"일단 따라와 봐."

이번엔 화은설이 기무결을 잡아끌었다.

"어딜 가는데요?"

"따라와 보면 알아."

오래지 않아 도착한 곳은 진미객잔이란 곳이었다.

무산 일대에서는 상당히 비싼 곳으로 어지간한 사람은 들어가서 밥을 먹기 어려운 곳이었다. 유시향과 위지천은 이 층에서 고상하게 음식을 먹고 있던 중이었다. 유시향은 화은설을 발견하고 두 눈에 조소가 떠올랐다.

'흥, 어지간히 급하긴 급했나 보네.'

이번에야말로 확실하게 망신을 주고 복수할 수 있는 절호의 기회였다.

그녀는 입가에 미소를 지으며 화은설을 맞았다.

"어서 와. 그렇지 않아도 설 매가 오지 않아서 먼저 음식을 먹고 있던 중이었어."

"잘했어."

화은설이 갑자기 기무결의 팔짱을 끼며 말했다.

"인사해! 여긴 내 애인이야."

第十章

알아서 기어

(1)

'애, 애인이라고?'

기무결은 속으로 깜짝 놀라 화은설을 쳐다보았지만, 그것은 극히 찰나에 불과했다.

누구보다 눈치가 빠른 사람이 바로 기무결이었다. 그는 자리에 앉아 있는 유시향과 위지천을 보고 대충 어떤 상황인지 짐작할 수 있었다. 화은설이 자신에게 한 번만 더 도와달라고 했던 말이 무슨 뜻인지도 깨달았다. 상대의 돈지랄에 끌리고 싶지 않다는 뜻일 것이다. 어찌 보면 치기 어린 행동이었지만, 기무결은 그래서 더 화은설이 귀엽게 느껴졌다.

'훗! 그렇단 말이지?'

기무결은 시치미를 뚝 떼고 능청스럽게 자신의 소개를 했다.

"소생은 설 매의 애인 기무결이라 합니다."

화은설은 속으로 안도의 한숨을 내쉬었다.

사전에 전혀 양해를 구하고 시작한 일이 아니라 내심 걱정하고 있었는데, 기무결은 확실히 눈치도 빠르고 이해심도 많았다. 비록 연기로 시작한 일이지만, 난데없이 설 매라는 말을 듣자 왠지 이상한 기분이 들었다.

위지천이 다소 거만한 표정으로 인사를 받았다.

무산 일대에서는 상당한 위치에 있다 보니 어지간한 사람은 눈에 들어오지도 않았다.

오늘만 해도 화은설과 함께 온 사람이 아니었다면 번거롭게 통성명을 주고받는 일도 없었을 것이었다.

"기 소협이었군요. 나는 천하상단의 위지천이라……."

인사도 앉아서 하다 갑자기 얼굴이 딱딱하게 경직되었다.

아무리 상계에 몸을 담고 있다 해도 요즘 천하를 진동하고 있는 일초무적자의 소문을 모를 리 없었다.

인상착의도 대충 비슷해 보였다.

그리고 화은설과 가까운 사이라면 더 이상 두고 볼 필요도 없었다.

그는 황급히 자리에서 일어났다.

"일초무적자를 보게 될 줄은 몰랐군요. 가문의 영광으로 생각하겠습니다."

놀라기는 유시향도 마찬가지였다.

기무결의 모습은 소문으로 듣던 것보다 더 젊고 준수했다. 위지천이 무산 일대에서 영준한 외모로 소문이 자자했지만, 기무결에 비하면 부족한 감이 많았다. 더구나 마황성이 기무결을 차기 성주로 탐내고 있다는 것은 더 이상 특별할 것도 없었다.

유시향은 입술을 깨물었다. 화은설의 기를 꺾으려고 준비했던 자리였는데, 오히려 시작부터 자신의 기가 꽉 꺾어 나가는 기분이었다.

'정말 얄미운 계집애.'

위지천만 소개시켜 주면 화은설의 콧대를 납작하게 꺾을 수 있을 줄 알았다.

하나 이게 웬걸?

화은설은 위지천보다 더 멋지고 준수하며 천하에 명성이 자자한 남자를 애인으로 두고 있었던 것이다.

질투가 나지 않으면 그건 사람도 아니다.

왠지 자신이 화은설에게 밀렸다는 생각을 지울 수 없었다.

하나 아직 패한 건 아니었다.

그녀에겐 아직 비장의 무기가 있었다.

일초무적자가 아무리 무공이 강해도 세상만사 힘으로만 해결할 수 있는 건 아니었다. 오히려 돈은 귀신도 부릴 수 있다고 했다.

'무공이 강하면 뭐해. 거지나 마찬가지인데.'

그렇게 생각하니 왠지 힘이 생겼다.

"반가워요, 기 공자님! 저는 무산전장의 유시향이라 해요."

대충 통성명이 끝나자 그들은 서로 자리에 앉아 음식을 먹기 시작했다.

二

분위기는 화기애애했다.

술과 음식을 먹으면서 이런저런 대화가 오고 갔다.

가끔 웃음도 터져 나왔다.

겉으로만 보면 오래전부터 알고 지내던 사람들이 오랜만에 만나 회포를 푸는 것 같았다.

화은설은 기무결에게 오빠! 오빠! 거리며 있는 애교 없는 애교 모두 총동원했다. 팔짱을 끼운 손은 절대 빼지 않았고, 젓가락을 들고 반찬도 먹여주었다. 기무결은 이미 눈치를 채고 척척 박자를 맞춰주었다.

유시향도 이에 질 수 없다는 듯 애교를 부리며 위지천에게 반찬을 먹여주었다.

하지만 오늘이 처음인 듯 위지천은 어색한 표정을 지으며 반찬을 받아먹다가 몇 번이나 흘리고 말았다.

완패였다.

확실히 자신들보다 화은설이 기무결과 더 행복해 보였다.

그래서 더 약이 올랐고, 속이 바짝바짝 타들어갔다.

도저히 이대로는 분하고 억울해서 순순히 물러설 수 없었다.

그녀는 이제나저제나 화은설이 담보 얘기를 꺼내올 때도 된 것 같은데 계속 아무 말도 하지 않고 웃고 떠드는 모습에 점점 짜증이 치밀어 올랐다. 그녀는 화은설이 자신을 찾아온 것은 담보 설정을 해달라고 부탁하기 위해서라고 굳게 믿고 있었다. 어쩌면 사랑하는 사람이 옆에 있어서 내숭을 떨고 있는지도 몰랐다.

'흥, 그렇군! 분명 헤어지고 나면 부탁할 생각인 거야.'

그렇다면 자신이 먼저 말을 하는 일이 있더라도 확실하게 밟아줄 필요가 있었다.

화은설의 입에서 웃음이 사라지게 만들던 처음 기무결을 소개받았을 때의 충격도 충분히 떨쳐 낼 수 있으리라.

그녀가 문득 입을 열려는 순간이었다.

기무결이 먼저 위지천을 향해 말했다.

"위지 공자, 소생이 이번에 투자할 곳을 찾고 있는데 천하 상단은 새롭게 준비하고 있는 사업이라도 있습니까?"

"투자요? 기 대협이 말입니까?"

위지천은 솔직히 기무결이 화은설 앞에서 허세 떠는 거라 생각했다.

투자를 한다면 적어도 몇천 냥 정도는 가지고 있어야 하는데, 이는 상당히 많은 돈이었다. 중원에서 그 정도의 돈을 가지고 있는 사람은 생각보다 그리 많지 않았다.

그래도 기무결의 명성이 있으니 대답을 안 할 수는 없었다.

"그렇지 않아도 새로운 사업을 준비 하고 있는 중입니다. 투자자도 모으고 있지요."

원래는 투자자를 생각하지 않고 있었는데, 갈수록 사업 규모가 커지면서 자금 조달이 여의치 않아 투자자를 모으는 중이었다.

"기 대협, 투자를 하신다면 어느 정도 하시려는지요?"

일단 몇백 냥 정도를 예상했다. 그것도 그리 적은 금액은 아니지만, 투자라는 개념으로 생각하기에는 턱없이 부족한 액수였다.

"글쎄요. 처음에는 오십만 냥 정도를 생각하고 있었는데 그건 너무 푼돈 같아서 백만 냥 정도면 어떻겠습니까?"

"컥! 배, 백만 냥!"

위지천은 자신의 귀를 의심했다.

오십만 냥이 푼돈이라고?

아무리 화은설 앞이라고 해도 이건 너무 심했다.

천하상단에서 계획 중인 신규 사업은 규모가 상당히 크다지만, 고작 십만 냥이 조금 넘는 수준이었다. 그것만으로도 지금 천하상단은 자금 압박을 받고 있는 중이었다. 백만 냥? 이건 투자가 아니라 아예 천하상단을 사고도 남는 돈이었다.

"호, 혹시 지금 백 냥을 백만 냥으로 착각하고 있는 건 아니신지……."

"아니, 백만 냥 맞습니다. 한데 왜 그렇게 놀라십니까? 다들 백만 냥 정도는 가지고 있지 않습니까?"

"예?"

지금 제정신으로 하는 말일까?

백만 냥이 뉘 집 개 이름도 아니고 아무렇게나 지껄일 수 있는 수준의 돈이 절대 아니었다.

위지천은 상대가 아무리 천하를 진동하는 무림의 고수라 해도 도저히 참을 수 없었다. 왠지 모욕을 당한 기분이었다. 천하상단은 십만 냥의 사업 자금도 확보하지 못해 자금 압박을 당하고 있는 상황에서 백만 냥 정도는 누구나 가지고 있을 거라니.

그의 말투가 차갑게 변했다.

"기 대협, 정말 실망이군요. 천하에 명성이 자자하신 분이 무책임하게 아무렇게나 말하는 거 아닙니다."

"저야말로 이상하군요. 백만 냥은 그저 푼돈으로 생각하고 얘기한 건데 그게 그렇게 잘못된 겁니까?"

기무결은 확실히 사람을 약 올리는 데 일가견이 있었다.

"푸, 푼돈?"

이쯤 되면 정말 막가자는 것이나 마찬가지였다.

위지천은 화가 나서 도저히 참을 수 없었다.

"좋습니다. 얼마나 돈이 많으면 백만 냥 정도는 푼돈으로 취급하시는지 궁금하군요."

"흐음. 어디 보자…… . 대명전장에 사백만 냥이 있고, 여기 저기 몇 군데 전장에 이백만 냥씩 들어 있으니까 총 천만 냥 이 있군요."

"처, 천만 냥!"

위지천은 물론이고 유시향마저 비명을 질렀다.

그 누구도 감히 상상조차 할 수 없던 액수였다.

세상에.

천만 냥이라니.

심지어 화은설도 먹던 음식을 식탁에 떨어뜨릴 정도였다. 기무결이 대명전장에 넣어둔 돈이 많다는 것은 이미 확인한 일이었지만, 그래도 이건 상상을 초월하는 액수였다.

한데, 다음 기무결의 말이 걸작이었다.

"아! 그건 극히 일부분에 한한 거고 여기저기 투자한 돈을 모두 회수하면……. 대충 구천만 냥은 되겠군요."

어쩌면 그것보다 많을 수도 있다.

금광에 묻혀 있는 금이 얼마나 많은지 아직 예측할 수 없으니 말이다.

기무결은 생각보다 적게 말했지만, 이미 위지천과 유시향은 혼백이 저 멀리 날아간 뒤였다.

이렇게까지 구체적으로 말하는 것을 보면 정말 그만큼의 돈이 있다는 뜻일 것이다. 당장 확인하면 알 수 있는 걸 가지고 거짓말을 할 리는 없을 터. 아무리 그래도 총자산이 구천만 냥이라니. 백만 냥 정도는 푼돈이라고 말할 만하다는 생각이 들었다.

천하제일부자도 총자산이 천만 냥을 겨우 넘는 수준이다.

그것도 당장 동원할 수 있는 현금은 이삼백만 정도밖에 되지 않는다.

위지천과 유시향은 손발이 부들부들 떨리고, 얼굴은 보는 사람이 다 민망해질 정도로 일그러져 있었다.

표정 관리가 제대로 될 턱이 없었다.

그야말로 공자 앞에서 문자를 쓴 격인데, 창피해서 도망치고 싶은 심정이었다.

"내일 투자 문제로 한 번 찾아갈 테니 언제가 편하겠습니까?"

"옙! 저, 저희가 모시러 가겠습니다."

위지천이 자리에서 벌떡 일어나 덜덜 떨리는 음성으로 대답했다.

그것으로 모든 상황은 정리된 셈이었다.

三

식사를 끝내고 밖으로 나오자 초경이 막 넘어가고 있었다.

화은설은 아까부터 아무 말도 없이 기무결과 나란히 보조만 맞춰 걷고 있었다.

"아까부터 무슨 생각을 그렇게 합니까?"

"그, 그냥!"

마음이 복잡하다.

그녀는 언제부터인지 기무결을 좋아하고 있었다.

그건 기무결도 마찬가지일 거라고 굳게 믿고 있었다.

그런 건 굳이 말을 하지 않아도 눈빛만 보면 알 수 있는 일이었다.

하지만 기무결에게 돈이 많아도 너무 많다 보니 왠지 자신감이 꺾여 나갔다.

돈이 적당히 많았을 때는 그나마 괜찮았다. 그건 충분히 극복해 나갈 수 있다고 생각했다.

한데, 구천만 냥이라니.

위화감이 들다 못해 기무결이 그녀와는 전혀 다른 세상의 사람처럼 느껴졌다.

"돈 때문에 그래요?"

"그, 그렇지 뭐. 난 네가 그렇게 돈이 많은지 몰랐어."

이젠 어떻게 돈이 많은지 물어보지도 않았다. 왠지 기무결의 능력이라면 그 이상을 가지고 있어도 전혀 이상하게 생각되지 않았다.

"뭐, 어때요. 내 돈이 아가씨 돈이고 아가씨 돈이 또 내 돈인데."

"그게 무슨 소리야?"

"뭐가요?"

"방금 나한데 청혼한 거 같은데? 청혼한 거 맞지?"

화은설이 걸음은 멈춰 섰다.

"난 모르겠는데. 내가 무슨 말을 했더라."

"자꾸 능청 떨래?"

"그나저나 화 소저! 아까 코맹맹이 소리로 오빠! 오빠! 하던 모습은 어디 가셨나?"

기무결이 화은설의 어깨에 장난스럽게 팔을 척 얹었다.

"내, 내… 내가 언제?"

"아까처럼 오빠 이거 한 번 먹어봐용 하고 애교를 떨며 매일 음식을 먹여주면 한 번 생각해 보고."

"차, 창피하게 자꾸 놀릴래?"

화은설이 눈썹을 꿈틀거렸다.

왠지 처음 티격태격하며 싸우던 시절이 떠올랐다.

그리고 어느새 구천만 냥 때문에 생겼던 위화감도 사라지고 없었다.

바로 이런 것이었다.

기무결이라면 평생을 믿고 맡겨도 항상 사랑을 하며 살아갈 수 있을 것 같았다.

"그건 그렇고 내일 정말 천하상단에 갈 거야?"

"후훗! 군자는 허언을 하지 않는 법. 어떻게 나오나 찾아가는 것도 재미있을 것 같지 않나요?"

四

경험이 있고 없고는 중요한 차이가 있다.

매를 맞아본 사람은 매를 맞으면 아프다는 것을 알고 회초리만 봐도 본능적으로 무서워하게 마련이다.

하지만 매를 맞지 않은 사람은 회초리가 얼마나 무서운지 모른다.

바로 그것의 차이였다.

대명전장과 공천세는 이미 한 번 기무결에게 호되게 당한 기억이 있기에 순순히 협조했다. 이모백이 대명전장에서 발행한 어음을 모두 기무결의 명의로 돌렸다. 사실 어음보다는 당장 현금이 몇 배는 낫다. 전장 입장에서는 손해 볼 것이 없었다.

하나 다른 전장들은 순순히 협조하지 않았다.

특히 황금전장과 남경전장, 그리고 만금전장 이 세 곳이 가장 비협조적이었다.

이들 세 곳은 모두 천하십대전장 중 하나로 자산 규모나 명성만 놓고 봐도 대명전장에 비해 전혀 밀리지 않았다. 무산에 있는 것은 모두 지부였지만, 서로 자존심 때문에 그 어느 곳보다 치열하게 경쟁하고 있었다.

그래서였다.

이모백은 결코 무시할 수 없는 우수 고객이었다. 이모백이 어느 한곳에 집중하면 경쟁에서 밀리는 건 당연지사. 이모백과 사전 협의도 하지 않고 어음을 처분한다는 것은 한마디로 다시는 이모백과 거래를 하지 않겠다고 선전포고를 하는 것이나 마찬가지였다.

"그런 관계로 그곳에 있는 어음은 사들이지 못했습니다."

공천세는 사안이 사안인만큼 이른 아침부터 화씨세가의 본가에 찾아와 기무결에게 보고했다.

문득 자신이 대명전장의 무산지부장인지 아니면 기무결의 개인 서기인지 착각이 들 정도였다.

하지만 지금 그게 중요한 것이 아니었다. 나머지 어음을 사들이지 못하면 기무결의 계획은 결코 실행될 수 없었다.

"내 부탁이라 했는데도 거절했단 말이오?"

"그렇습니다, 대인!"

기무결이 눈살을 찌푸렸다.

기분이 좋지 않았다. 기무결은 황금전장과 남경전장, 그리고 만금전장에 각각 이백만 냥씩 돈을 맡겨두었다.

한데 감히 자신의 부탁을 무시한 것이다.

원래 화은설의 담보를 거절한 것도 넘어가 주려고 했는데, 이것들이 매를 벌고 있었다.

"그 부분은 내가 직접 해결할 테니 지부장은 협력 업체에 뿌려진 어음을 모조리 사들이시오."

"알겠습니다."

공천세는 공손하게 절을 하고 물러나왔다.

그런 그의 얼굴에 한줄기 호기심이 일었다. 왠지 오늘 무산에 있는 전장들에 피바람이 불 것 같은 예감이 들었다. 어쩌면 일전에 대명전장이 당했던 일이 또 벌어질 수도 있었다. 그렇다면 기회였다. 그런 상황을 대명전장만 당할 수야 없는 노릇이었다.

공천세는 기무결을 따라가 어떻게 되는지 지켜보고 싶었지만, 자신은 협력 업체에 뿌려진 어음을 사야 하기 때문에 직접 보지는 못할 것 같았다.

'쩝! 아쉽군.'

五.

기무결이 가장 먼저 향한 곳은 황금전장이었다. 특별히 황금전장을 먼저 선택한 이유는 별거 아니었다. 그냥 황금전장이 가장 가까웠기 때문이었다.

그의 뒤를 화은설이 조심스러운 표정으로 따르고 있었다.

그녀는 간밤에 기무결이 천하제일의 거부라는 사실을 알았지만, 그래도 상대는 천하십대전장 중 하나였다.

그녀는 단 한 번도 전장과 돈으로 싸운 사람이 있다는 말은 들어본 적도 없었다. 일명 전표 전쟁! 사실 전표 전쟁을 한다고 전장을 이길 수 있는 것도 아니었다. 세상의 모든 돈이 모인 곳이 전장인데, 돈으로 쓰러뜨린다는 것이 말이 안 되는 일이었다.

"정말 괜찮겠어?"

"쯧쯧, 걱정하지 말라니까요."

"하지만 네가, 아니, 오빠가……."

화은설은 말을 하고도 얼굴이 잠시 붉어졌다.

그녀는 일단 말투부터 고치려고 했는데, 그게 생각처럼 잘 되진 않았다.

그렇다고 언제까지 너! 너! 하고 부를 순 없는 노릇이었다.

그리고 오빠거리며 애교를 부리니까 생각보다 기무결이 좋아하는 것 같았다.

그러는 사이에 어느새 그들은 황금전장 입구에 도착했다.

화은설은 괜히 주눅이 들었다. 전장에 갈 때마다 수모만 당했던 터라 덜컥 겁부터 먹었다.

황금전장은 문이 열린 지 얼마 되지 않았지만, 벌써부터 손님들이 분주하게 밀려오고 있었다.

"어떻게 오셨습니까?"

직원 한 명이 다가오며 물었다.

"난 기무결이라 하는데 지부장을 좀 만나고 싶소."

"그렇다면 일단 줄을 서서 차례를 기다려 주십시오."

화은설은 항상 겪었던 일이었다. 세상에 지부장을 만나는 게 얼마나 어려운 일인데. 저런 식으로 진을 빼게 만들고 한참 시간이 지난 다음에야 겨우 몇 분 시간을 내주는 것이 전부였다. 그때 가서는 돈을 빌려달란 말도 나오기 어려웠다.

하지만 기무결은 달랐다.

"이봐, 여긴 고객 관리를 이딴 식으로 하나?"

"예?"

"적어도 우수 고객 이름 정도는 알아야 할 거 아냐?"

잠시 소동이 일었다.

집무실에 있던 지부장이 밖으로 나와 정중하게 물었다.

"제가 지부장인데 무슨 일이십니까?"

"기무결이라 하오. 어제 대명전장을 통해서 어음을 사려고 했는데 거절했다고 들었소."

"아! 기 대협이셨군요. 그건 잠시 안으로 들어가서 얘기를 하시죠."

"그럴 필요 없이 그냥 여기서 얘기하시오. 거절한 게 맞소?"

지부장이 곤혹스러운 표정으로 말했다.

"험험! 저희도 도와드리고 싶지만, 이 대협 역시 저희의 소중한 고객이시라 허락도 없이 어음을 넘긴다는 것이……."

"그러니까 이모백만 이곳의 고객이고 나는 개똥이다?"

"손님, 말씀이 너무 지나치시군요. 여기서 이런 억지를 부리시면 안 됩니다."

"그렇게 이모백이 중요해서 화씨세가의 담보를 거절해 달라는 부탁은 들어주었나?"

기무결이 곁눈질로 화은설을 쳐다보며 다시금 말을 이었다.

"내가 화 소저의 정혼자야. 화씨세가를 무시한 건 곧 나를 무시했다는 소린데, 당신 그러고도 무사할 것 같아?"

"그 부분에 대해서는 더 이상 할 말이 없으니까 그냥 돌아가시죠."

"나도 더 이상 이딴 거지 같은 곳하고는 거래를 못하겠군. 여기 있는 계좌에 있는 돈을 오늘 안으로 모두 뺄 테니까 준비해 놔."

기무결이 품속에서 열 개의 계좌를 꺼내 던져 주었다.

지부장은 계좌에 돈이 있으면 얼마나 있겠나 싶어 쳐다보았다가 소스라치게 놀랐다. 한 개의 계좌에 각각 이십만 냥씩. 도합 열 개에 이백만 냥의 돈이 들어 있었다.

온몸에서 식은땀이 흘러내렸다.

이건 뭔가 잘못되어도 한참 잘못되었다.

이모백이 초우량 우수 고객이라 해도 그들과의 거래는 오십만 냥 정도밖에 안 된다. 그것만 해도 엄청난 금액이었다.

한데 이백만 냥이라니.

상상을 초월하는 액수였다.

황금전장의 무산지부만으로는 도저히 해결이 안 된다. 그

랬다간 당장 망한다. 몇 곳의 지부가 힘을 합쳐야 가능한 일
인데, 안정적인 자산 규모를 유지하려면 적어도 열 곳 이상은
힘을 모아야만 한다.

하물며 오늘 안으로 돈을 준비한다는 건 아예 불가능한 일
이었다.

그렇다고 돈을 빼달라는 고객의 말을 무시할 수 없는 일.

"대, 대인! 한 번만 용서해 주십시오. 소인이 감히 대인을
알아보지 못하고 죽을죄를 지었습니다."

지부장이 바닥에 넙죽 엎드렸다.

지금까지 완강하던 태도가 계좌를 보고 백팔십도 변한 것
이다.

하지만 그때는 이미 너무 늦은 뒤였다.

六

화은설은 보고 있으면서도 도무지 실감이 나지 않았다.

그토록 뻣뻣하고 고압적인 지부장이 계좌 하나에 사색이
되어 벌벌 떤 줄은 생각도 못한 일이었다. 지부장은 전형적인
약자에 강하고 강자에 약한 기회주의자였다. 왠지 모를 통쾌
함이 일었다. 그동안 전장에 당한 모욕과 수모를 되갚아준 기
분이었다. 그녀는 곁눈질로 기무결의 얼굴을 훔쳐보았다.

'참, 대단한 사람이야!'

가공할 무공도 무공이지만, 천하십대전장 중 하나인 황금전장을 저토록 궁지에 몰아넣을 수 있는 능력이 더 대단해 보였다. 천하에 가장 능력이 있고, 무공이 강한 사내를 애인으로 두었다고 생각하니 그녀의 어깨에 힘이 들어갔다.

"오, 오빠! 다음엔 어디에 갈 거예요? 남경전장? 아님 만금전장?"

오빠 소리도 잘 나오지 않는 마당에 갑자기 존칭까지 붙여서 쓰려니 어색하기 짝이 없었다. 결국 목소리가 갈라져 이상한 말투가 되고 말았다.

"힘들면 천천히 바꿔도 되는데."

뭐, 굳이 바꾸지 않아도 상관없었다.

하지만 그리 싫지 않았다.

그만큼 화은설도 노력하고 있다는 뜻이니까.

그렇다면 자신도 조금씩 바꾸는 게 좋을 것 같았다.

"다른 곳은 오후나 되어서 가볼까 싶은데. 아마 지금쯤이면 소문이 전해졌을 것이고, 내 계좌에 대해 알아보고 있겠지."

그들과는 협상하는 것이 훨씬 편해질 것이었다.

기무결이 괜히 손님들이 지켜보는 자리에서 소란을 부린 게 아니었다.

그때 갑자기 기무결이 품속에서 이십여 개의 계좌를 꺼내 화은설에게 건네주었다. 남경전장과 만금전장에 맡겨둔 계좌였다.

"이, 이게 뭐예요?"

"모두 사백만 냥인데 앞으로 설 매가 관리를 해봐."

"마, 말도 안 돼. 난 이렇게 큰돈은 만져 본 적도 없다구요."

계좌를 받아 든 화은설의 손이 부들부들 떨렸다.

기무결이 가볍게 혀를 찼다.

"쯧쯧, 그렇게 간이 콩알만 해서야 원. 앞으로 구천만 냥의 돈을 관리해야 하는데, 겨우 사백만 냥 가지고 겁을 먹으면 쓰나. 무얼 하든 신경 쓰지 않을 테니까 그냥 선물이라고 생각을 하든지. 오늘 다 써도 상관없고."

"이, 이걸 다 어떻게 하루 만에 써요."

화은설은 벌린 입을 다물지 못했다.

어이가 없다 못해 혼백이 달아날 지경이었다.

아무리 통이 커도 그렇지 사백만 냥이 선물이란다.

하지만 그것이 자신의 부담을 줄여주기 위한 말이라는 것을 모를 리 없었다. 평생 기무결과 함께 살려면 이젠 이런 환경에 익숙해져야 하는 것이다. 그리고 이건 앞으로 벌어질 남경전장과 만금전장의 협상을 한번 해보라는 뜻이었다.

'맞아, 그게 있었지?'

화은설의 눈빛이 반짝거렸다.

아직 그녀는 남경전장과 만금전장에서 받은 수치와 모욕을 갚아주지 못한 것이다.

특히 남경전장의 지부장은 그녀에게 치근덕대기까지 했었다. 밥을 같이 먹어주면 한번 담보 설정을 생각해 보겠다나 어쨌다나. 그때는 본가를 생각해서 치밀어 오르는 분노를 꾹 참아야 했었는데, 이제 그럴 이유가 전혀 없었다.

七

정오가 되자 천하상단에서 화씨세가의 본가로 사람을 보내왔다.

마차를 직접 끌고 나온 사람은 위지천이었다.

"기 대협, 화 소저! 제가 직접 모시겠습니다."

위지천은 어제 보았던 모습과는 전혀 달랐다.

기무결과 화은설은 고개만 까딱이고 마차 안에 몸을 실었다.

위지천은 왠지 한참이나 기무결의 아랫사람이 된 듯한 기분이었다. 이건 지금까지 자신이 남들에게 하던 버릇이었다.

그는 불쾌한 감정을 억누르고 마차 안에 올라탔다.

마차가 천하상단에 들어서자 수많은 사람이 마중을 나와

있었다. 천하상단의 단주인 위지강부터 시작해서 천하상단의 장로와 당주 등이 한명도 빠짐없이 모여 있었다.

과도한 환영이었지만, 천하상단 입장에서는 기무결에게 투자를 받느냐 그렇지 못하느냐에 자신들의 운명이 걸려 있었다.

한쪽에는 유시향의 모습도 보였다. 그녀는 오래지 않아 위지천과 결혼할 사이이니 결코 천하상단이 남이라 할 수 없었다.

하나 무엇보다 기무결의 재력이 어제 말했던 것처럼 그렇게 대단한지 자신의 눈으로 직접 확인하고 싶었다.

第十一章
알아서 기어
(2)

천하상단의 본단은 광동성에 있었다.

처음에는 그릇을 만들어 팔던 조그만 가게에서 시작해 지
금은 천하 각지에 열세 개의 지점을 거느린 중원 최고의 상단
으로 변해 있었다.

무려 오십 년 만의 일이었다.

천하상단은 각 지점마다 조금씩 특색이 달랐다.

어떤 지점은 마차나 수레를 만드는 것에 특화되어 있었고,
어떤 지점은 비단을 제작하고 염색을 하는 데 집중했다. 그렇
게 만든 물건들은 다른 지점으로 전해져 팔려 나갔다. 열세

개의 판매처가 있으니 판매망도 확실한 셈이었다. 그리고 열세 개의 상단에서 만든 물건들이 한자리에 모여 탄탄한 진용을 갖출 수 있었다.

하지만 위지강은 처음부터 선택을 잘못했다.

그는 집을 만들고 다리를 건설하는 부분에 집중했다. 다른 지점에서 계약을 따내면 모든 공사를 손쉽게 얻을 것 같았고, 그렇게 되면 열세 개의 지점 중에서 가장 많은 매출을 기록할 줄 알았다. 하나 다른 지점에서는 자신들의 일을 젖혀놓고 공사를 따낼 만큼 정성을 쏟지 않았다. 입찰을 따내려면 전문적인 지식을 갖추고 있어야 한다는 것도 걸림돌이었다. 사실 건설 기술은 다른 지점에 전해서 팔 수 있는 것이 아니었다.

아무튼, 상황이 그렇다 보니 다른 지점들과 매해 매출 격차가 벌어지고 있었다.

이대로 있다가는 본단에서 퇴출될지도 몰랐다. 지금은 상단이 아니라 열두 개의 상단에서 만든 물건을 팔아주는 가게에 불과했다.

위지강은 주력 사업을 바꾸어 차를 재배하고 만들려고 했다.

그러자면 농사를 지을 땅이 필요했고, 인부들도 확보해야 했다. 또한 찻잎을 씻고 말리는 도구들도 필요했다.

문제는 돈이었다.

이미 본단에 신규 사업을 하겠다고 허락까지 받은 상태였기에 이번에 투자를 받지 못하면 무산지점 자체가 와해될 수도 있었다. 위지강은 기무결의 마음을 사로잡기 위해 정성을 기울였다. 새벽부터 온갖 산해진미를 마련해 대접할 준비도 끝내놓은 상태였다.

"기 대협, 일단 식사부터 하시지요."

"아닙니다. 거래를 하기 전에 향응부터 받을 수는 없죠."

대놓고 향응이란 말에 위지강은 무안해졌지만, 그는 노련한 장사꾼이었다.

재빨리 감정을 추스르며 너털웃음을 터뜨렸다.

"헛헛! 기 대협의 말씀이 맞습니다. 제가 생각이 짧았습니다. 그럼 저희 상단을 한번 둘러보시지요."

위지강이 즉시 상단을 안내하기 시작했다. 환영하러 나왔던 장로들과 당주들도 긴장한 표정으로 뒤를 따랐다. 잘못하면 투자를 하지 않을 수도 있다는 투로 비쳐졌기 때문에 초조한 마음까지 일었다.

"창고가 부족하군요."

"그렇지 않아도 몇 개를 더 만들 생각입니다. 투자금이 늘어난 것은 그 때문이기도 하지요."

"상단의 자산 규모가 어찌 됩니까?"

"칠만 냥이 조금 넘습니다. 무산 일대에서는 손가락 안에

드는 규모이지요."

위지강이 자랑스럽게 말했지만, 기무결은 와락 눈살을 찌푸렸다.

"그럼, 배보다 배꼽이 더 크단 소리군요."

"예?"

"너무 무리하게 사업을 벌이려는 것은 아니냐는 뜻입니다."

이건 아무리 봐도 사리사욕을 취하는 구조였다. 신규 사업이 성공하든 하지 못하든 무산지점의 자산 규모만 대폭 커지는 형국이었다.

"그, 그래도 판매망이 확실한 만큼 성공 확률이 높은 사업입니다."

위지강은 최대한 기무결의 마음을 사로잡기 위해 안간힘을 썼다.

"그리고 이미 오만 냥은 투자를 받아놓은 상태입니다. 이곳저곳에서 담보를 받으면 이만 냥 정도는 충분히 해결할 수 있지요."

문제는 나머지 삼만 냥이었다.

그렇다고 기무결이 삼만 냥을 모두 투자할 거란 생각은 하지 않았다. 그저 이만 냥 정도만 투자를 해준다면 부족한 만냥은 어떻게든 해결이 될 것 같았다. 아니, 지금 분위기에서는 만 냥만 투자해도 감지덕지였다.

"기 대협께서 만 냥만 투자를 해주신다면……."

"글쎄요. 처음에는 그냥 십만 냥을 모두 투자할 생각이었습니다."

"시, 십만 냥을 모두 말입니까?"

그렇게만 해준다면 더 이상 바랄 것이 없었다.

"하지만, 생각보다 사업 규모가 작군요. 이건 투자하기에도 애매한 규모입니다."

"예에?"

"이미 오만 냥은 투자를 받았다면서요? 그럼 필요한 돈이 오만 냥 정도인데 겨우 그거 투자해서 일 년에 얼마나 벌겠습니까?"

"절대 그렇지 않습니다. 족히 천 냥은 될 겁니다."

사업이 잘되면 몇 천 냥 이상도 벌 수 있었다.

그럼 사오 년 안에 투자한 돈은 모두 회수할 수 있을뿐더러 그 이후부터는 순수한 이익을 챙길 수 있었다.

위지강은 이 사업의 매력을 최대한 부풀려서 설명했다.

하지만 기무결은 여전히 시큰둥한 표정으로 말했다.

"그래서 드리는 말입니다. 그런 푼돈 벌자고 투자하는 것이 영 귀찮군요."

이쯤 되면 의심이 될 수밖에 없었다.

진짜 돈은 가지고 있으면서 하는 말일까?

이런 자들이 가끔 있다. 투자할 것처럼 허세만 잔뜩 떨다 정작 투자는 안 하고 돌아서는 사람이 말이다.

위지강은 물론이고 위지천과 장로들의 표정이 차갑게 변했다.

"말이 지나치시구려. 세상에 몇천 냥을 푼돈이라고 말할 수 있는 사람이 있다고는 믿지 못하겠소."

바로 그때였다.

일단의 무리가 다급한 표정으로 천하상단에 찾아왔다.

그들은 바로 황금전장에서 나온 사람들이었다.

二

지부장은 지금 제정신이 아니었다.

기무결이 이백만 냥을 빼겠다는 것 때문에 황금전장이 발칵 뒤집어졌다. 이미 본단에 보고가 올라간 상태였다. 사안이 너무 심각했다. 이백만 냥이 한 번에 빠져나가면 천하의 황금전장도 휘청거릴 수밖에 없었다.

본단에서 곧바로 사람을 내려보내고도 부족해서 장주까지 움직였다.

지부장은 그전에 자신이 어떻게든 사태를 수습하려 했다.

장주가 움직인 이상 사태를 원만히 수습해도 경력에 치명적인 흠집이 생길 것이다. 하물며 일을 해결하지 못하면 어떤 일이 벌어질지 몰랐다.

"용서해 주십시오, 대인! 소인이 대인을 몰라뵙고 죽을죄를 지었습니다."

지부장이 기무결 앞에 엎드려 머리를 조아렸다. 주변에 지켜보는 눈빛이 많았지만 지부장은 그런 건 신경 쓸 겨를이 없었다.

"그대의 사과는 필요 없고. 이백만 냥은 준비해 놓았소?"

"대, 대인! 제발 이백만 냥을 빼지 말아주십시오. 그걸 한꺼번에 빼시면 저희 황금전장이 무너십니다."

"그거야 그대 사정이고. 나는 내 돈만 빼겠다는 것이오."

"최, 최대한 특전을 드리겠습니다. 화씨세가에 담보를 내드리는 것은 물론 이모백의 어음도 드리겠습니다."

지부장은 이제야 이모백과 기무결 중에서 누가 더 무서운 사람인지를 깨달았다.

하지만 그때는 이미 너무 늦었다는 것이 문제였다.

"담보?"

"아니, 소인이 평생 갚는 한이 있어도 삼만 냥을 드리겠습니다."

"이보시오, 지부장! 누굴 거지로 알아? 내가 고작 삼만 냥이 아까워서 이런다고 생각하시오?"

"소, 소인이 어찌 감히 그런 생각을 하겠습니까? 그냥 소인의 성의라고 생각하십시오."

"그대의 성의는 필요 없소. 그냥 오늘 안으로 이백만 냥을 빼서 나에게 가져오시오."

기무결은 단호했다.

눈물과 간청 앞에서도 눈빛 하나 변하지 않았다.

그 무서운 서슬에 위지강과 위지천도 가슴이 서늘해질 지경이었다.

세상에.

황금전장이 돈을 빼지 말아달라며 벌벌 기는 모습이라니.

어이가 없어서 말이 다 안 나올 지경이었다.

이제 보니 몇천 냥을 푼돈이라고 할 만했다. 사업 규모가 작다고 했던 말도 거짓이 아니었다. 분명 처음엔 십만 냥을 투자할 생각이었던 것 같았다.

한데 그들이 화를 참지 못하고 발끈하는 바람에 모든 희망이 물거품으로 변하고 말았다.

三

유시향은 정신이 번쩍 들었다.

문득 어제 기무결이 했던 말이 떠올랐다. 분명 몇몇 곳에 이백만 냥씩 맡겨놓았다고 하지 않았던가? 그중 하나가 황금 전장이었던 모양이었다.

'그렇다면 정말 구천만 냥이 있다는 소리잖아?'

그녀는 갑자기 갈증이 일었다.

구천만 냥 중 극히 일부만 자신의 전장에 맡겨도 무산전장은 단박에 중원 최고의 전장으로 거듭날 수 있었다.

아마 며칠 전이었다면 가능했을지도 몰랐다.

기무결과 화은설은 서로 사랑하는 사이.

돈을 옮기는 일이 그리 어려운 것도 아니니 화은설이 부탁만 하면 충분히 들어줄 수 있는 일이었다.

하지만 지금은 모든 것이 틀어진 이후였다.

애초에 그녀가 시기질투에 휩싸여 화은설을 무시한 것이 잘못이었다.

그녀는 미안한 표정으로 화은설에게 다가갔다.

"서, 설 매! 그동안 내가 조금 섭섭하게 대했지?"

"새삼스럽게 그게 무슨 말이니?"

"설 매하고 잘 지내고 싶어서. 사과하고 싶기도 했고. 나도 설 매의 부탁을 받고 얼마나 고민했는지 몰라. 무조건 설 매를 도와주고 싶은데, 위에서 승인이 떨어지지 않아서 말이야."

화은설 입장에선 가증스럽기 짝이 없었다.

처음부터 이랬다면 아마 고마워서 무슨 부탁이든 들어주었을 것이었다.

하지만 지금은 너무 늦었다.

그녀의 머릿속에서 유시향의 이름을 지운 지 오래였다.

"그냥 꺼져 줄래?"

四

어느새 찬바람이 불기 시작했다.

낙엽이 떨어지고 가을이 점점 깊어져 가고 있었다.

구파일방은 최근 몇 가지 성과를 얻었다.

그들은 오래전부터 암거래 시장을 쫓고 있었다.

그 와중에 구룡겁화를 알고 찾아갔지만, 그때는 이미 기무결이 해결한 뒤였다.

어쨌든 조사에는 더욱 탄력이 붙었다. 암거래 시장이 변황삼패와 밀접한 관련이 있다는 것을 알게 되었으니 말이다. 그러다 최근 암거래 시장에 나온 막대한 자금이 황실은 물론이고 무림맹에까지 흘러 들어가고 있다는 사실을 포착했다.

그렇다는 건 황실과 무림맹이 변황삼패와 밀접한 관련이 있다는 뜻이 아니고 무엇이겠는가?

구파일방은 크게 경악하지 않을 수 없었다.

이제 군웅대회까지 남은 시간은 고작 한 달 남짓 정도였다.

변황삼패를 견제하기 위해 군웅대회를 개최하려 하는데 오히려 무림맹이 변황삼패와 관련이 있다면 어떤 일이 벌어질지 예측할 수 없었다.

하지만 아직 속단하긴 이르다.

무림맹 안에 변황삼패가 심어놓은 간세가 있는 것인지 아니면 다른 무엇이 있는 것인지 아직 확실하지 않기 때문이었다.

바로 그럴 때쯤 그들은 제독에게 충격적인 소식을 들을 수 있었다.

―육문칠가와 감찰총국이 서로 한통속이었다.

그 말이 의미하는 바는 심히 컸다.

그건 암거래 시장에서 나온 돈이 흘러 들어간 곳과 맥을 같이하고 있기 때문이었다.

구파일방은 생각보다 당금 무림에 훨씬 거대한 음모가 도사리고 있다는 것을 직감했다.

육문칠가와 감찰총국.

그들은 절대 손을 잡을 수 없는 사이였다.

하지만 더 놀라운 소식은 감찰총국을 궤멸시킨 것도, 우내오존 제갈기의 일검칠성진법을 파괴하고 남궁학을 쓰러뜨린 것도, 그리고 육문칠가를 무너뜨린 것도 모두 동일인물의 소행이며 단 한 사람의 짓이라는 것이었다.

五

그건 거대한 충격이었다.

일초무적자의 소문은 귀가 따갑게 들었지만, 남궁학을 죽이고 제갈기의 일검칠성진법마저 파괴할 줄은 몰랐다.

어디 그뿐인가?

단신으로 감찰총국을 무너뜨리고 육문칠가의 핵심 전력을 제거한 것이다.

믿을 수 없는 일이었다.

도저히 한 사람이 했다고 하기에는 불가능한 일이었다.

이제 겨우 약관이 갓 지난 나이에 천하제일고수의 자리에 올라선 것이나 마찬가지였다.

인간의 능력을 벗어난 기무결의 무공은 소름이 돋을 정도였다.

하지만 한 손이 열 손을 감당하지 못하는 법.

구파일방은 육문칠가의 숨은 힘이 얼마나 무섭고 가공스

러운 것인지를 너무나 잘 알고 있었다. 결코 한두 명이 막아 낼 수 있는 것이 아니었다.

설령 기무결의 능력이 하늘에 닿고 신이 되었다 해도 마찬가지였다.

당금 무림에서 육문칠가의 눈 밖에 나서 온전히 살아남을 사람은 아무도 없었다. 구파일방마저 육문칠가의 눈치를 보고 있는 실정이었다. 구파일방은 마음 한켠이 시원하면서도 다른 한편으로는 걱정이 밀려왔다.

육문칠가의 핵심 전력은 무너졌지만, 아직 정천팔룡이 건재했다.

그것만으로도 충분히 두려운 존재들이었다. 하물며 그들은 은밀하게 숨겨놓은 힘의 봉인은 아직 풀지도 않은 상태였다. 일각에서는 무림십대보검을 가지고 있다고 했고, 일각에서는 절대 익혀서는 안 되는 고금오대마공을 익혔다고 말하는 자도 있었다.

무림십대보검은 그 위력이 실로 무시무시해서 세 살 먹은 어린아이가 쥐고 휘두르기만 해도 능히 일류고수를 벨 수 있다고 전해지는 전설상의 무기들이었다.

고금오대마공은 또 어떤가?

그 위력이 하나같이 가공할뿐더러 연성하면 온 무림에 피바람을 불러온다고 해서 심지어 마도에서조차 익히기를 금지

한 저주받은 무공이었다. 하물며 정파의 기둥인 육문칠가가 익혔다면 당장 천하가 발칵 뒤집어지고도 남을 일이었다.

하나 누구도 눈으로 직접 확인한 것은 아니었다.

무엇이 진실이고 거짓인지는 아무도 알 수 없었다.

사람들은 그저 말하기 좋아하는 자들이 떠들어대는 소리라고 생각했다.

육문칠가가 숨겨놓은 힘이 무엇인지는 확인할 길이 없다.

하지만 정천팔룡은 무너진 자존심을 회복하기 위해서라도 반드시 기무결을 죽이려고 들 것은 불을 보듯 뻔했다.

지금은 정천팔룡과 육문칠가의 움직임에 온 신경을 기울여도 부족한 상황이었다.

한데 들리는 소문으로는 기무결이 위기에 빠진 화씨세가를 구하기 위해 이모백과 전표 전쟁을 벌이고 있단다.

느낌이 좋지 않았다.

이모백을 상대하다 보면 자연스레 정천팔룡과 육문칠가 쪽에는 경계를 소홀히 할 수밖에 없다. 아무래도 자신의 능력을 너무 과신하고 있는 것 같았다. 그렇지 않고서야 이 중요한 순간에 이모백을 상대하고 있을 리 없는 것이다.

"위험하다고 알려줘야 하지 않겠소?"

"유일하게 육문칠가에 맞선 아이니 그래야 인지상정이겠지만, 대놓고 나섰다가 육문칠가의 원한을 살 수 있소."

"으음."

구파일방의 장문인들은 서로의 눈치를 살폈다.

누가 먼저 선뜻 나서려는 사람이 없었다.

구파일방이 무림맹 주변으로 밀려난 건 십 년도 넘은 일이었다. 언제나 정파무림의 중심을 자처하던 구파일방이었지만, 화진악의 죽음 이후 무림맹주의 자리를 두고 벌어졌던 권력 싸움에서 제갈무외와 정천구룡에게 패해 무림맹 주변으로 밀려나고 말았다. 무림맹은 육문칠가의 세상으로 변한 지 오래였다.

십 년!

짧다면 짧은 시간 안에 참으로 많은 것이 변했다.

소림사와 무당파가 무림의 태산북두라고 불렸던 것도 이제 과거의 일이었다. 대신 그 자리를 육문칠가가 차지했다.

천하제일무가 제갈세가.

천추제일검가 남궁세가.

여기에 그 누구도 이견이 있을 수 없었다.

그렇다고 지금의 구파일방이 약한 게 절대 아니었다. 절기들이 절전된 것도 아니다. 오히려 그들은 기재들을 제자로 받아들이고 수많은 고수를 배출했다. 구파일방은 그 어느 때보다 강한 전력을 자랑하고 있었다.

하지만 모든 건 상대적이다.

구파일방이 강하다면 육문칠가는 더 강했다.

단적인 예로 구파일방에서 정천구룡의 명성을 뛰어넘는 고수가 십 년 넘게 나오지 못하고 있었다.

지금 당장 육문칠가와 전쟁을 벌이면 구파일방은 간신히 동수를 유지할 것이다. 물론 기무결이 육문칠가의 핵심 전력을 제거하지 않았다면 백전백패였다. 어쩌면 지금도 동수를 유지하리란 보장이 없었다. 그만큼 육문칠가의 전력은 강했다.

더구나 아미파와 청성파가 구룡겁화로 인해 수십 년 동안 회복하기 어려울 만큼 막대한 타격을 받지 않았던가? 기무결이 육문칠가의 핵심 세력들을 제거해 준 이점이 전혀 없어진 셈이었다. 그러니 구파일방의 장문인들이 서로 눈치를 살피는 것도 당연한 일이었다.

사실 지금 조사하는 것만 해도 그랬다.

구파일방은 단순히 무림맹 안에 간세가 있는 줄 알았는데, 이게 웬걸?

어쩌면 육문칠가가 암거래 시장이나 변황삼패와 연관되어 있을지도 모른다는 생각에 행동을 극히 조심하고 있었다. 한마디로 몸을 사리기 시작했다는 뜻이었다.

육문칠가와 감찰총국이 결탁했다는 건 어쩌면 암거래 시장과 변황삼패와도 연결되어 있을 가능성도 있었다. 그리고 그건 곧 계속 조사를 하다 보면 육문칠가의 정보망에 걸려들 확률이 높다는 뜻이다. 계속 조사를 해야 함에도 오히려 손발을 놓고 있는 실정이었다.

그들은 다들 육문칠가와의 전쟁을 두려워하고 있었다.

필승의 자신도 없거니와 설령 이긴다 해도 그 후유증이 얼마나 심할지는 굳이 눈으로 보지 않아도 충분히 짐작할 수 있기 때문이었다. 굳이 자신들이 그런 모험을 하면서까지 육문칠가와 맞설 이유가 있을까 싶었다. 그렇다고 지금 육문칠가가 천하무림에 그 어떤 해악을 끼치고 있다는 물적 증거도 없는 상태였다.

"정말 한심하군요. 다들 겁쟁이들만 모였나요?"

절정사태가 못마땅한 표정으로 자리를 박차고 일어섰다.

그녀는 환갑이 다 된 나이였지만, 여전히 성격이 괄괄했다.

그녀는 지금 장문인들의 행동이 마음에 들지 않았다. 무림의 명숙이라는 사람들이 죽음이 두려워 옳은 일을 외면하고 있는 모습이 답답하기 그지없었다.

"아무도 나서지 않겠다면 우리 아미파가 하겠어요."

六

기무결은 본보기를 보여주기 위해 확실하게 조졌다. 황금전장의 무산지부는 그야말로 초토화가 되었다. 그의 강경한 태도는 본단에서 사람들이 와서 사과를 해도 수그러들지 않았다. 오히려 화은설이 미안한 마음에 안절부절못할 정도였다.

결국 수많은 사람이 지켜보는 가운데 직접 황금전장의 장주가 바닥에 무릎을 꿇고 사과를 해서야 겨우 사태를 진정시킬 수 있었다.

서인기!

상계에서 잔뼈가 굵은 그는 온갖 풍상을 겪으며 황금전장을 중원 최고의 전장으로 키운 입지전적인 신화적인 인물이었다.

그런 그가 손자뻘의 기무결에게 무릎을 꿇은 건 두고두고 회자될 일이었다.

사람들은 치를 떨어야 했다.

이제 누구도 화씨세가를 무시하거나 얕잡아 보지 못했다.

한번 눈 밖에 나면 천하의 서인기조차 무릎을 꿇는 모습을 두 눈으로 똑똑히 지켜보았기 때문이었다.

"이보게, 황금전장에서 무슨 잘못을 했기에 이 난리인가?"

"화씨세가에 빚이 있었는데, 담보를 받아서 빚을 갚으려고 찾아갔다가 그만 망신을 당했다더군."

"이거 너무 심한 거 아냐? 겨우 그깟 망신 한 번 받았다고

황금전장을 이렇게까지 초토화시켜도 되는 건가?'

"허허! 자네 말조심하게. 그러다 화씨세가의 귀에 들어가는 날엔 자네 가게가 무사할 성싶은가?"

"으헙!"

사내의 얼굴이 사색으로 변했다.

지금 화씨세가는 천하의 황금전장도 좌지우지할 만큼 그 힘과 위세가 실로 대단했다. 하물며 하루 벌어 하루 먹고 살아가는 평범한 가게는 그저 애들 소꿉장난 정도에 불과할 것이었다.

아무튼, 서인기의 사과로 황금전장은 최악의 상황은 모면할 수 있었다.

이번 일을 초래한 당사자인 지부장은 전장에서 쫓겨난 것은 물론 모든 손해 배상까지 치러야 해서 빈털터리로 길바닥에 나앉고 말았다.

또한 또 다른 주범이 한 명 남아 있었다.

바로 이모백.

애초에 그가 화씨세가에 관련된 부탁만 하지 않았어도 황금전장이 굴욕을 당하고 휘청거리는 일도 없었을 것이었다.

서인기는 기부결의 요구내로 이모백의 이옴을 넘거주었다.

물론 이와 관련 사실은 철저히 비밀에 붙였다. 때문에 외부에는 화씨세가에서 담보를 받으려고 황금전장을 찾아갔다가 망신당했다고만 알려져 있었다.

이모백을 잡기 위한 계획은 척척 진행되고 있었다.

이미 황금전장을 조져 놓은 전례가 있던 터라 그 이후부터는 순탄하다 못해 탄탄대로였다.

기무결이 나타나는 곳마다 사람들이 벌벌 떨며 영접을 나왔다.

협조?

그건 기본이었다.

돈을 맡겨놓은 전장은 말할 것도 없었고, 심지어 거래를 한 번도 하지 않은 전장에서도 기무결이 두려워 그 어떤 무리한 부탁이나 요구도 바로 들어주었다.

어떤 곳은 자신들과 한 번만 거래를 해달라며 매일같이 화씨세가의 본가를 찾아왔다. 물론 두 손에 선물을 잔뜩 들고서.

그것도 얼마 있지 않아 경쟁이 붙었다.

기무결의 계좌에 얼마가 들어 있었는지는 황금전장의 소동을 통해 대략적으로 알려진 상태였기에 수많은 곳에서 눈에 불을 켜고 달려들었다. 한 번 거래만 성사되면 중원 최고의 전장으로 그리고 상단으로 올라설 수 있기 때문이었다.

매일 찾아오는 사람 중에는 천하상단도 끼어 있었다. 위지강과 위지천 부자는 매일 땅을 치고 후회했다. 그날 투자는 당연히 틀어지고 말았다. 누구의 잘못도 아닌 바로 그들의 실수에서 비롯된 일이었다.

그렇다고 여기서 포기하면 그건 장사꾼 자질이 없는 법.

그들은 기무결의 마음을 돌리기 위해 꼭두새벽부터 찾아와 빨래를 하고 밥도 지었다. 경쟁이 치열해서 선물만으로는 도저히 기무결의 눈에 띌 수조차 없을 것 같았기 때문이었다. 오래지 않아 그들은 화씨세가의 하인처럼 변했다. 하지만 그들은 기무결의 마음은 북극의 얼음보다 더 차갑고 단단해서 한 번 돌아선 마음은 그 어떤 것으로도 바꿀 수 없다는 것을 모르고 있었다.

七

그렇게 며칠이 더 지났을까?

기무결은 이십여 개의 전장에서 삼백만 냥이 넘는 어음을 사들일 수 있었다.

같은 시각.

공천세는 협력 업체에 뿌려진 어음을 착실하게 사들이고 있었다. 이모백은 여기저기 어음을 많이도 뿌려서 백만 냥이 조금 넘게 있었다.

"전장과 협력 업체의 어음을 모두 합치면 사백만 냥이 넘는군."

엄청난 액수였다.

자신의 돈은 거의 들어가지 않는 구조였다.

대부분 전장에서 돈을 빌려서 공사를 하고 사업을 확장해 나가는 방식이었다. 협력 업체들도 몇 개월 이상 월급이 밀린 곳이 태반이었다. 대신 그들은 어음으로 받았는데, 이게 당장 돈이 되는 게 아니었다. 짧게는 한두 달 그리고 길게는 몇 달 뒤에 전표로 교환이 가능했다. 그러다 보니 중간에 버티지 못하고 망하는 경우도 있었다.

하지만 이모백이 두려워 감히 밀린 월급을 정산해 달라고 배짱 있게 말할 수 있는 사람은 아무도 없었다.

이거야말로 갑의 횡포였다. 까딱 잘못 보이면 월급은 월급대로 받지 못하고 협력 업체가 갑자기 다른 곳으로 바뀌어서 하루아침에 망할 수 있었다. 어쨌든 협력 업체 입장에선 당장 돈이 안 되는 어음을 움켜쥐고 있기보다는 돈을 준다는데 마다할 리 없었다.

기무결은 만반의 준비가 갖춰졌지만, 당장 일을 터뜨리지 않았다. 모든 걸 한꺼번에 터뜨려야 효과를 극대화할 수 있는데, 어음의 만기일이 제각각 달랐다.

그는 최대한 비슷한 날짜를 맞추기 위해 기다리고 또 기다렸다. 그러면서도 아직까지 사들이지 못한 어음을 계속 사들였다.

그러던 어느 날.

마침내 기다렸던 날이 다가오자 기무결은 먼저 삼백만 냥이 넘는 전장에서 발행한 어음부터 풀어내기 시작했다.

드디어 전표 전쟁이 벌어진 것이다.

이건 누가 현금을 많이 가지고 있느냐의 싸움이었다.

어찌 보면 무모하면서도 무식하기 짝이 없는 일이었다.

하지만 세상에서 가장 무섭고 잔인하며 거대한 전쟁이었다.

기무결 대 이모백.

그들의 전표 전쟁은 그렇게 시작되고 있었다.

『왕후장상』 7권에 계속…

허담 新무협 판타지 소설

검은 별

하늘아래 모든 곳에 있고,
결코 사라지지 않는다.

세상은 그들을 멸시하지만,
세상의 모든 야망가가 은밀히 거래한다.

선과 악이 어우러지고,
어둠과 밝음이 서로를 의지하듯
세상의 빛 그 아래 존재하는 자들.

무수한 별이 빛을 잃어 어둠을 먹고사는
검은 별이 되어 살아가는,
그리하여 세상 모든 사람이 두려워하는…

그들은 유령문이다!

Book Publishing CHUNGEORAM

유행이 아닌 자유추구 -
WWW.chungeoram.com

절정고수들이 하늘 높은 줄 모르고 질주하는 현 세상.
서른여덟 개의 세력이 서로를 견제하는 혼돈의 시대.

그 일촉즉발의 무림 속에
첫 발을 디딘 어린 소년.

"나는 네가 점창의 별이 되기를 원한다."

사부와의 약속을 지키고
난세로 빠져드는 천하를 구하기 위해
작은 손이 검을 들었다!

박선우 新무협 판타지 소설 FANTASTIC ORIENTAL HE

풍운사일

미더라 장편 소설

FUSION FANTASTIC STORY

A Bittersweet Life

**삶의 의욕을 모두 잃은 주혁.
어느 날 녹이 슨 금속 상자를 얻는데…….**

"분명 어제도 3월 6일이었는데?"

동전을 넣고 당기면 나온 숫자만큼 하루가 반복된다!

포기했던 배우의 꿈을 향해 다시금 시작된 발돋움.
눈앞에 펼쳐진 새로운 미래.

과연 그는 목표를 이루고
인생을 바꿀 수 있을 것인가!

Book Publishing CHUNGEORAM

연재 사이트 베스트 1위!
어디에서도 볼 수 없었던 천재 의사가 온다!

『메디컬 환생』

언제나 실패만 거듭해 온 의사 진현,
그런 그에게 찾아온 인연의 끈이 있었으니.

"다시 삶을 살면… 어떤 삶을 살고 싶으신가요?"

다시 한 번 주어진 인생
이번엔 반드시 성공하리라!

Book Publishing CHUNGEORAM

유행이 아닌 자유추구 -
WWW.chungeoram.com

The Record of Dragon's Return 재중 귀환록

푸른 하늘 장편 소설
FUSION FANTASTIC STORY

『현중 귀환록』, 『바벨의 탑』의
푸른 하늘 신작!
이계를 평정한 위대한 영웅이 돌아왔다!

어느 날 갑자기 찾아온 부모님의 죽음.
그리고 여동생과의 생이별.
모든 것을 감당하기에 재중은 너무 어렸다.
삶에 지쳐 모든 것을 포기할 때, 이계에서 찾아온 유혹.

"여동생을 찾을 힘을 주겠어요.
…대신 나를 도와주세요."

자랑스러운 오빠가 되기 위해!
행복한 삶을 위해!

**위대한 영웅의
평범한(?) 현대 적응이 시작된다!**

용마검전
FANTASY FRONTIER SPIRIT
김재한 판타지 장편 소설

「폭염의 용제」, 「성운을 먹는 자」의 작가 김재한!
또다시 새로운 신화를 완성하다!

『용마검전』

사악한 용마족의 왕 아테인을 쓰러뜨리고
용마전쟁을 끝낸 용사 아젤!

그러나 그 대가로 받은 것은 죽음에 이르는 저주.
아젤은 저주를 풀기 위해 기나긴 잠에 빠져든다.

그로부터 220년 후……

긴 잠에서 깨어난 아젤이 본 것은
인간과 용마족이 더불어 살아가는 새로운 세상이었다.

Book Publishing CHUNGEORAM

유행이 아닌 자유추구~
www.chungeoram.com

문용신 新무협 판타지 소설
FANTASTIC ORIENTAL HEROES

한량 아버지를 뒷바라지하며
호시탐탐 가출을 꿈꾸던 궁외수.

어린 시절 이어진 인연은
그를 세상 밖으로 이끄는데……

"내가 정혼녀 하나 못 지킬 것처럼 보여?"

글자조차 모르는 까막눈이지만,
하늘이 내린 재능과 악마의 심장은
전 무림이 그를 주목하게 한다.

"이 시간 이후 당신에겐 위협 따윈 없는 거요."

무림에 무서운 놈이 나타났다!

Book Publishing CHUNGEORAM

유행이 아닌 자유추구 -
WWW.chungeoram.com